KB078610

강한 금강불괴 되다 2

김대산 현대 판타지 소설

초판 1쇄 찍은 날 § 2019년 7월 25일
초판 1쇄 펴낸 날 § 2019년 8월 1일

지은이 § 김대산
펴낸이 § 서경석

총괄팀장 § 노종아
편집책임 § 강민구
디자인 § 소소연

펴낸곳 § 도서출판 청어람
등록번호 § 제387-1999-000006호
등록일자 § 1999. 5. 31
어람번호 § 제1-3037호

주소 § 경기도 부천시 부일로 483번길 40 서경B/D 3F (우) 14640
전화 § 032-656-4452 팩스 § 032-656-4453
http://www.chungeoram.com
E-mail § chungeorambook@daum.net

© 김대산, 2019

ISBN 979-11-04-92033-2 04810
ISBN 979-11-04-92031-8 (세트)

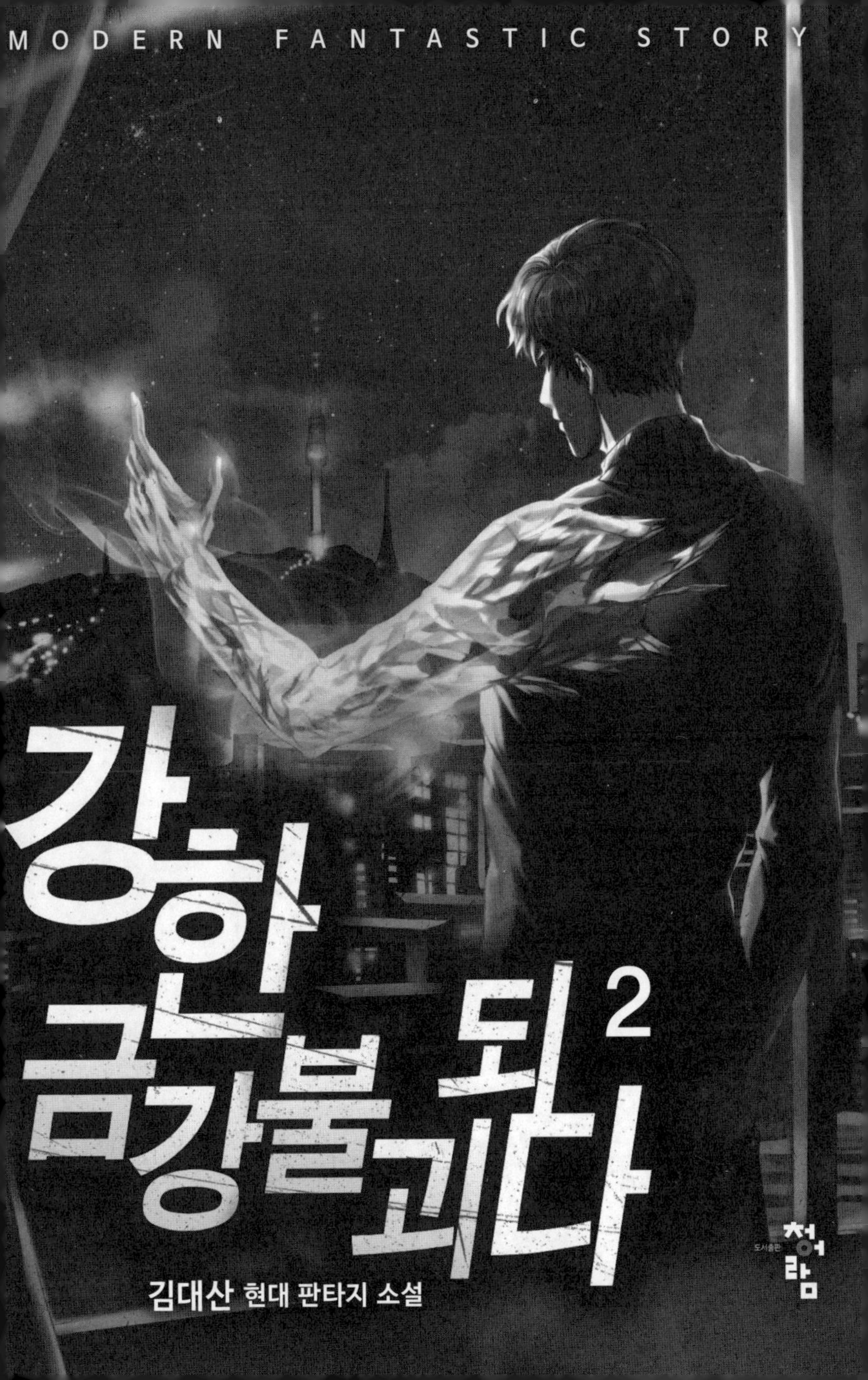
MODERN FANTASTIC STORY
강한 금강불괴 되다 2
김대산 현대 판타지 소설
도서출판 청어람

강한
금강불괴 되다

Contents

제2장

—

사죄

서해 개발

값싼 술집과 식당, 모텔들이 밀집해 있는 삼류 유흥가. 그 배후의 주택가에 들어선 낡은 5층짜리 상가 하나. 그 3층에 서해 개발의 간판을 단 사무실이 있다.

문을 열고 들어선 사무실 안은 제법 넓다. 그러나 그 넓음은 그저 상대적인 느낌인지도 모르겠다. 사무실 안에 있는 것이라곤 댕그라니 소파 하나와 그 뒤로 뚝 떨어져 놓인 커다란 냉장고와 정수기, 그리고 기껏 책상 하나뿐인 데서 기인하는.

책상에는 사내 하나가 앉아 있다. 누군가 문을 열고 들어왔는데도 사내는 미동도 없이 그저 눈동자만 움직여서 들어온 사람을 힐끗 살핀다. 그럼으로써 사내는 마치 나무를 깎아만든 목각 인형처럼 딱딱하게 고정된 중에 눈만 영활하게 살아 있는 것 같은 느낌이다.

김강한이 짐짓 사무실의 전경을 둘러보는 체를 하자, 사내의 눈동자가 그의 작은 움직임 하나도 놓치지 않겠다는 듯이 민첩하게 쫓아온다. 그런 데서 사내의 시선은 다시 몹시 차가우면서도 무언지 모르게 끈적거리며 집요하게 달라붙는 느낌을 준다. 사내가 앉은 책상에는 명패 하나가 놓여 있다.

[실장 조상태]

그제야 김강한은 사내의 다른 특징에 대해서도 가늠을 해본다. 삼십 대 중반쯤? 길게 세워진 콧날과 잘빠진 하관, 반듯한 이마. 마치 데생용 석고상 같은 미남형이다.

약간 찢어진 눈매가 날카롭기는 하지만 그마저도 이지적으로 봐줄 만하다. 다만 역시나 그 차갑고 영활한 눈빛과 그것이 주는 집요한 느낌만으로도 사내는 겉모습이 주는 나이대보다 훨씬 더 노회한 이미지다.

"여기가 서해 개발 맞소?"

이미 사무실 간판을 확인했건만 김강한은 한 번 더 묻는다.

"상담 예약이 안 되어 있는 것 같은데?"

사내, 책상에 놓인 명패대로라면 조상태 실장일 그가 처음으로 목소리를 낸다. 책을 읽듯이 높낮이 없이 아주 차분한 음성이다.

김강한이 가볍게 고개를 끄덕이는 것으로 수긍하자, 조상태가 희미한 실소를 보이며 여전히 건조한 투로 덧붙인다.

"우리는 전화로 상담 예약이 된 손님만 받아요. 그러니까 오늘은 그냥 가시고 전화로 예약을 한 다음에 다른 날 다시 오세요."

강수문이라고 알아?

"여기 대표가 이철진이 맞소?"

김강한의 그 물음에는 조상태의 눈빛에 설핏 이채가 서린다. 그리고 다시 한번 찬찬히 김강한의 아래위를 살핀 그가 나직이 말을 뱉는다.

"이철진이? 나이로 봐서 우리 대표님이 당신 친구는 아닐 테고, 그렇게 함부로 이름을 부르는 건 너무 무례한 것 같은데?"

조금쯤 차가워졌을 뿐 여전히 담담한 투다. 김강한이 또한 담담한 투로 다시 묻는다.

"한 가지만 더 묻지. 강수문이라고 알아?"

말투가 바뀐 데 대해 조상태가 설핏 차가운 웃음기를 떠올린다. 그러곤 영 성가시다는 듯이 천천히 자리에서 일어선다.

"나 참, 어디서 별 또라이 같은 새끼가 다 와가지고? 그래, 안다면? 뭘 어쩔 건데, 이 쪼다 같은 새끼⋯⋯."

그러나 조상태는 말을 채 맺지 못한다.

퍽!

언제 다가섰는지 김강한이 그의 턱주가리를 강타한 때문이다. 조상태의 몸이 그대로 나가떨어져 바닥에 철퍼덕 쓰러지는 것을 김강한이 덤덤히 지켜본다.

퍼뜩 정신을 추슬러 벌떡 몸을 일으킨 조상태는 재빨리 두세 걸음 뒤로 물러선다. 참 어이없는 노릇이다. 족보도 모르는 놈에게 한 방에 나가떨어지다니 말이다. 그도 주먹을 쓴다면 좀 쓰는 편이다. 어릴 때부터 험한 바닥에서 살아온 탓에 제 한 몸 지킬 정도의 주먹은 되고, 일대일로 누구랑 붙어서 이렇게 한 방에 나가떨어진 적은 없다. 아무리 방심했다고 하더라도 말이다. 역으로 말하면 겉보기와 다르게 상대가 보통 놈이 아니라는 의미가 될 것이다. 손을 재킷 안으로 넣자 익숙한 느낌의 나무 손잡이가 잡힌다. 긴급한 순간을 대비해 몸에 지니고 다니는 호신용 칼이다. 칼을 앞으로 겨누며 그가 악다문 잇소리로 뱉어낸다.

"이 새끼! 죽인다!"

김강한은 천천히 조상태에게로 다가선다. 그런데 좀 묘한 걸음걸이다. 건들건들 여유를 부리는 것 같기도 하지만 또 어느 순간에 어느 쪽으로 방향을 틀지 종잡기가 어렵다.

조상태는 곧장 상대의 가슴을 노리고 칼을 찔러간다. 다만 몸의 중심을 반은 남겨놓는다. 상대가 피하면 즉시 따라가면서 어깨나 옆구리를 노릴 참이다.

그러나 김강한의 움직임은 조상태가 생각한 것보다 훨씬 빠르다. 어느 틈에 조상태의 옆으로 바짝 붙어 서며 그의 칼 든 손목을 틀어잡는다. 동시에 다른 쪽 주먹을 조상태의 관자놀이에 꽂아 넣는다.

팍!

조상태는 눈앞이 노래지는 중에 그대로 의식의 끈을 놓치고 만다.

지독하고도 참담한 고통

조상태가 설핏 정신을 차렸을 때, 그는 바닥에 널브러져 있는 중이다. 올려다본 위쪽에서 김강한이 무심한 얼굴로 그를 내려다보고 있다. 조상태의 눈빛이 곧장 새파랗게 독기를 담는다.

"개새끼!"

그러나 김강한의 무심함은 조금도 흔들리지 않는다. 대신 그의 발끝이 가볍게 조상태의 옆구리로 박힌다. 순간 조상태의 입이 딱 벌어진다. 깊숙한 충격에 이어 숨이 끊어질 듯한 무지막지한 고통이 밀려든 때문이다. 의지와는 무관하게 허리가 새우처럼 말려든다.

"커억!"

조상태가 겨우 고통스러운 신음을 뱉어내는데, 김강한의 발끝이 다시 가볍게 조상태의 옆구리며 갈비뼈 사이를 잇달아서 찍어 찬다.

툭, 툭!

그 발끝마다에서 지독하고도 참담한 고통이 피어난다. 조상태가 비명도 지르지 못하고 입만 딱딱 벌리며 온몸으로 치를 떤다.

사람 효과적으로 패는 법?

김강한은 개패를 만나고 오는 길에 깊은 회의를 느꼈다. 사람을 무작정 팼다는 것만 두고 본다면 그나 개패나 별다를 게 없다는 점에 대해서다.

그런데 그가 이곳 서해 개발로 오는 도중의 일이다. 문득 그의 머릿속으로 마치 안개가 피어오르듯이 가물거리며 떠오르는 무엇이 있었다.

그것은 요상하게도, 그리고 느닷없게도 사람의 몸 어디를 어떻게 충격을 주면 큰 상처를 주지 않고도 고통만 극대화시킬 수 있는지 따위에 관한 것이었다.

그것의 '요상하고 느닷없음'에도 불구하고, 김강한은 일단 수긍하고 보기로 했다. 이미 내공과 외단, 그리고 내단의 존재에 대해 제법 깊숙이 수긍하고 있는 바인데, 그 정도에 대해서야 그 까닭을 모른다고 해서 아예 수긍조차 하지 못할 것은 또 아닌 것이다.

어쨌든 굳이 이름을 붙이자면 '사람 효과적으로 패는 법?' 정도가 적당할 그것은 지금 당장 사뭇 효과적으로 활용되고 있는 중이다.

이러다 죽을 수도 있겠다!

조상태는 스스로에 대해 독종이라고 자부하는 사람이다. 누구에게도 굽히기 싫어하는 오기와 웬만한 고통과 공포 따위에는 굴복하지 않는 악바리 기질과 독기를 타고났다고. 그러나 그가 무모하다는 건 결코 아니다. 그런 오기와 독기를 부리는 데는 그럴 만한 이유와 계산이 있어야 한다. 그저 감정에 휩쓸려 부리는 무작정의 오기와 독기는 어리석음에 지나지 않는다. 그 어떤 상황에서도 가장 빠르게 치밀한 계산을 할수 있다는 것, 그것이야말로 그가 가진 가장 큰 무기이다.

상대의 무력은 그가 감히 맞서볼 만한 것이 결코 못 되는 가히 압도적인 차원이다. 그리고 도무지 그 실체를 읽을 수 없다는 점도 두렵다. 지금 이런 짓을 벌이는 이유와 목적에 대해 그는 아직까지 아무것도 파악을 하지 못했다. 무작정과 맹목성으로 보이기도 하는데, 그러한 것은 때로 이유와 목적을 동반한 독기보다 더 무섭다. 그것이 강력한 힘을 동반할 때는 더욱 그렇다.

'이러다 죽을 수도 있겠다!'

조상태는 이윽고 절박한 공포를 느낀다. 상대의 무작정과 맹목성을 어떻게든 돌려놓지 않는다면 상대는 정말 별 거리낌도 없이 그를 죽일지도 모른다. 그나마 다행스러운 것은 상대의 목적이 그에게 있지 않고 이철진 대표에게 있다는 점이다. 참담한 고통 속에서 조상태의 염두가 찰나를 다투며 치열하게 돌아간다.

그럼 그렇다고 진즉에 말을 하지!

"이철진… 여기 대표 맞습니다. 그렇지만 강수문이라는 사람은… 모릅니다."

조상태가 사력을 다하다시피 뱉어낸 말에 김강한의 발끝이 이윽고 멈춘다.

"크으… 윽!"

여운처럼 남는 고통에 조상태가 새삼 진저리를 친다.

"강수문을 정말 몰라?"

김강한이 방금까지 그처럼 지독한 고통을 가하던 사람답지 않게 덤덤하게 묻는다.

"정말 모릅니다!"

조상태가 다급하게 대답하고는 숨 돌릴 여유도 없이 덧붙인다.

"제가 여기서 일한 지는 2년이 채 안 됩니다. 만약 강수문이란 분과 이철진 사이에 뭔가 얽힌 게 있더라도 그게 2년 이전의 일이라면 저는 당연히 그분을 모르지 않겠습니까?"

"아가는 강수문을 안다며?"

"아, 아닙니다! 그건 단지… 제가 욱해서 생각 없이 내뱉은 말입니다!"

"그래? 그럼 그렇다고 진즉에 말을 하지."

김강한의 그 말에 조상태가 그제야 길게 안도의 한숨을 불어 내쉰다.

죽여 버리려고!

"이철진, 지금 어디 있어?"

김강한의 물음에 조상태가 즉각 대답한다.

"이제 곧 여기로 올 겁니다."

"이제 곧 언제?"

"30분에서 1시간 안쪽입니다."

"그래? 그럼 좀 기다려야겠군. 당신은 거기 소파에 앉아 있어. 딴짓할 생각은 하지 마. 그랬다간 아주 보내 버릴 테니까.

진짜야."

김강한이 굳이 진짜라고 강조까지는 하지 않아도 될 일이다. 조상태는 그가 능히 그러고도 남을 자라는 판단을 이미 내린 뒤니까.

"저기… 이철진 대표와는 무슨 일이 있으신 건지……?"

조상태가 조심스럽게 물어보는데,

"그런 건 알 거 없잖아?"

김강한의 반응이 사뭇 투박하다. 조상태가 움찔하지만 다시 조심스럽게 말을 꺼낸다.

"한 가지만 더 물어봐도 되겠습니까?"

"뭘 자꾸 물어?"

"이철진 대표를 어떻게 하실 겁니까?"

김강한이 성가시다는 듯 툭 뱉는다.

"죽여 버리려고!"

기회와 도박

조상태는 마침내 결단을 내린다. 지금, 바로 지금 실행하기로.

오랫동안 준비해 놓고도 그동안 내내 기회만 엿보고 있던 그 일은 그의 모든 것을 한 번에 다 걸어야 하는 일생일대의 도박이다.

그러나 기회란 원래 도박과 같은 것이 아니겠는가? 그리고 무엇보다 중요한 것은 기회가 늘 오는 것이 아니라는 사실이다. 일단 기회가 왔을 때 빠르고 과감한 결단으로 그것을 쟁취하는 사람만이 성공을 취할 수 있다.

지금이야말로 최상의 기회다. 만약의 경우 일이 그의 예상과 다르게 흘러갈 경우 보험으로 쓸 수 있는 수단 하나가 갑작스럽게 생긴 덕이다.

그 수단은 바로 저 사내다. 도무지 그 실체를 읽을 수 없다는 점에서는 완전한 보험이 되어주기에 불확실성이 있다고 하겠지만, 그러나 그가 감히 맞서볼 엄두조차 내보지 못할 만큼의 압도적인 무력을 지녔으며, 무엇보다 그와 같은 목표를 가졌다는 점에서 사내는 어떤 돌발적 상황에서도 그에게 최소한의 활로를 찾을 여유 정도는 부여해 줄 수 있는 최고의 보험이 되어줄 것이다.

공동의 적

"적의 적은 친구라는 말이 있습니다. 그런 점에서 저는 당신의 적이 아닙니다."

불쑥 뱉는 조상태의 말에 김강한이 힐끗 마땅찮다는 시선을 주다가는 다시 피식 실소한다. 아직 이철진이 올 거라는 시간까지는 제법 남았기에 시간을 때울 겸 해서 가볍게 말을 받아줄 마음이 생긴 까닭이다.

"적의 적이라고? 그러니까, 뭐야? 그쪽도 이철진과 적이라는 얘기야?"

"그렇습니다!"

얼른 고개를 주억거리는 조상태에게 김강한이 표정을 한번 찡그려 주고 나서 다시 묻는다.

"여기 실장이라며? 그런데 왜 적이야?"

"남자가 큰 목표를 이루기 위해서 넘어야만 하는 걸림돌이 있다면 그것도 적이니까요."

"배신인가?"

"배신이랄 수도 있겠고 도전이랄 수도 있겠지요. 어떻든 분명한 것은 이 시점에서 이철진은 우리의 공동의 적이라는 겁니다."

"공동의 적? 훗! 우리 둘이서 같은 편을 먹기라도 하자는 소리로 들리는데? 그런 거야?"

"맞습니다!"

김강한이 다시금 가볍게 실소한다.

"후훗! 뭐, 배신이건 도전이건 거기까지 내가 상관할 건 없겠지. 좋아, 그렇다고 치고, 그래서? 내가 그쪽하고 같은 편을 먹으면 뭐가 달라지는데? 뭐가 좋아지는 게 있어야 편을 먹든지 말든지 생각이라도 해볼 거 아냐?"

"이철진은 겉으로 드러난 것보다 숨겨진 비밀이 훨씬 더 많은 사람인데, 저는 그가 철저히 감추고 있는 극비 사항들을 포함해서 그에 관한 모든 것을 완벽하게 파악하고 있습니다. 따라서 하시고자 하는 일에 여러모로 크게 도움을 드릴 수 있다고 자신합니다."

"도움? 글쎄? 도움 따위 필요 없다면?"

김강한이 여전히 가볍게 넘기는데, 조상태는 더욱 차분한 기색이 된다.

"호랑이는 한 마리 토끼를 사냥할 때도 전력을 다한다고 하지 않습니까? 전력을 다하지 않는 호랑이는 토끼를 놓치기 쉽습니다."

"흐흐흐! 내가 그쪽의 도움을 받지 않으면 전력을 다하지 않는 게 되나?"

"전력을 다한다는 것은 자신이 가진 힘을 다하는 것뿐 아니라 자신에게 유리한 주변의 모든 상황과 환경에 대해서도 적극적으로 활용하는 것을 포함하기 때문입니다. 이철진에 대해 얼마나 알고 계신지 모르겠지만, 그자는 정말 무섭도록 치밀하고 용의주도해서 결코 만만하게 볼 상대가 아닙니다."

김강한이 잠시 빤히 조상태를 응시하고 있다가는 무표정한 채로 뱉는다.

"말을 아주 그럴듯하게 하는 재주가 있네? 근데 난 그런 사람 별로 안 좋아해."

조상태의 표정에 설핏 당혹이 스칠 때, 김강한이 다시 가볍게 고개를 끄덕이며 잇는다.

"좋아, 굳이 도움을 주겠다는데 싫다고 할 이유는 없겠지. 어디 말해봐. 어떻게 도울 건지 일단 들어나 보자고."

조상태가 얼른 받는다.

"저한테 이철진을 손쉽게 처리할 방법이 있습니다."

"손쉽게?"

"이철진 곁에는 쌍피라는 자가 항상 붙어 다닙니다. 보디가 드죠."

"쌍피? 훗! 고스톱 칠 때 그 쌍피?"

"예. 굉장한 실력자인 데다 이철진을 위해서라면 기꺼이 목숨이라도 바칠 정도로 충성심이 강한 자입니다. 그런 만큼 단순히 무력으로 그 둘을 한꺼번에 상대하는 것은 위험부담이 크니 하책이라고 하겠습니다. 상책을 두고 굳이 하책을 쓸 필요는 없겠지요."

"후훗! 상책이니 하책이니 하니까 그쪽이 무슨 대단한 브레인이라도 되는 것 같잖아?"

"주제넘었다면 죄송합니다!"

"죄송할 것까진 없고, 그래, 그 상책이란 건 뭔데?"

"무력은 차선의 수단으로 두고, 일단 머리부터 쓰는 겁니다. 그러니까……."

그런데 그때다.

삐!

갑자기 어디선가 나직한 경보음이 울린다.

"이런……!"

순간 조상태가 당황한 모양새로 되더니 재빨리 책상 쪽으로 달려간다. 그리고 급하게 책상 뒤의 벽면을 밀어젖히는데,

스르륵!

부드러운 소리와 함께 벽면이 한쪽으로 열리며 그 뒤로 어두운 공간이 나타난다.

몰랐더니 조상태가 앉아 있던 책상의 뒤쪽 벽에 문이 하나 있는데, 문과 벽면이 동일한 색상에다 무늬까지 고스란히 연결되어 있어서 모르는 사람들이 알아채기에는 어렵게 되어 있다.

나한테 함부로 이래라저래라 하지 마!

"이철진과 쌍피가 오고 있습니다!"

문 안의 공간에서 조상태의 목소리가 들린다.

김강한이 뒤따라 안으로 들어가면서 설핏 살펴보니 벽과 출입문의 두께가 상당히 두껍다. 특히 출입문은 강철로 만들어진 것처럼 육중한 무게감까지 느껴진다.

일별한 문 안쪽의 공간은 단출하다. 2인용쯤으로 보이는 작은 응접세트 하나와 벽면 구석에 놓인 대형 철제 금고 하나가 전부다. 그리고 안쪽 벽면에 네 개의 벽걸이형 모니터가 설치되어 있는데, CCTV 영상이 비치고 있다. 조상태가 그중 한 화

면을 가리킨다.

"저 두 사람입니다! 이철진과 쌍피!"

조상태의 목소리에 숨기지 못한 긴장이 녹아 있다.

건물의 지하 주차장으로 보이는 화면 속에서 지금 두 사람이 차에서 내리고 있다. 짙은 선글라스를 쓴 사내와 호리호리하고 깡마른 몸집의 사내다. 운전석에서 내린 깡마른 사내가 재빨리 뒷문을 열어주는 모습에서 짙은 선글라스의 사내가 바로 이철진이란 것을 짐작해 볼 수 있다.

"여기 계시다가 제가 나오라고 할 때 나오십시오!"

조상태의 말이 다급한데, 김강한이 툭 딴지를 건다.

"나한테 함부로 이래라저래라 하지 마!"

"상책을 쓰기로 하지 않았습니까?"

"뭔 상책? 그놈의 상책이란 게 대체 뭔데?"

"지금 시간이 없습니다! 저쪽 CCTV 화면으로 곧 보시게 될 겁니다!"

조상태가 그렇게만 말하고 서둘러서 밖으로 나간다.

의식(儀式)

이철진은 느긋하게 소파에 등을 기댄다. 그러자 쌍피가 곧장 냉장고로 가서 종이 박스 하나를 꺼내 온다. 10개들이 드링크제가 들어 있는 박스다.

이철진은 박스를 건네받아 개봉한다. 그의 입가에 저절로 만족스러운 웃음기가 번진다. 그는 새 박스를 직접 개봉하는 걸 즐긴다. 그렇기에 냉장고에는 늘 새 박스가 준비되어 있다.

박스에서 드링크제 두 병을 꺼낸 이철진이 박스를 다시 쌍피에게 건네자 쌍피가 받아서 다시 냉장고로 가져가 넣는다. 남은 것은 방문자 접대용 등으로 쓰일 것이다.

이철진이 쌍피에게 드링크제 하나를 건네자, 쌍피는 마치 하사품이라도 받는 듯이 두 손으로 공손하게 받는다.

따다닥!

이철진이 드링크제 병의 뚜껑을 돌려 따는 소리가 경쾌하다. 그는 단번에 원샷으로 병을 비운다. 그런데 쌍피가 드링크제를 손에 들고만 있는 걸 보고 그가 설핏 의아해서 묻는다.

"안 마셔?"

"전 조금 있다가……."

별일이다. 보통은 그가 원샷을 하고 나면 곧 따라서 쌍피가 뚜껑을 돌려 딴다. 그러고는 마치 아이들이 맛있는 음료수를 조금씩 아껴 먹듯이 한 모금씩 나누어 마신다. 그렇게 둘이서 함께 드링크제 한 병씩을 비우는 것은 마치 매일 행하는 의식처럼 된 지 오래다. 두 사람 간의 절대적 신뢰를 확인하기 위한.

조짐

이철진은 설핏 이채를 떠올린다. 조상태의 눈동자가 흔들리는 걸 본 때문이다. 그의 표정이 설핏 굳어진다. 뭔가 이상한 조짐이 잇따르고 있다.

첫 번째, 방금 쌍피가 평소와는 다르게 드링크제를 마시지 않은 것에는 분명 뭔가 이유가 있는 것이다.

쌍피는 지극히 예리한, 너무 예리해서 때로는 동물적인 본능이라고까지 여겨지는 감각을 지니고 있는 사람이다. 그런 쌍피가 예외적인 행동을 한 데에는 무슨 문제 내지는 아직 문제까지는 아니더라도 문제의 소지가 될 수 있는 어떤 조짐을 발견했다는 것일 터이다.

두 번째, 조상태의 긴장이다.

조상태는 웬만해선 긴장 같은 건 하지 않는 유형이다. 목에 칼이 들어와도 긴장하기보다는 살아날 방법을 고민할 친구다. 그런 조상태가 긴장을 한다?

'이건… 분명 뭔가가 있다!'

의심을 굳히다

조상태는 잔뜩 긴장하고 있는 중이다. 좀 전 쌍피가 냉장고에서 꺼낸 드링크제 박스는 그가 그야말로 심혈을 기울였다고 할 만큼 공을 들여 비밀리에 준비해 놓은 물건이다.

그런데 생각지 못한 차질이 생겼다. 쌍피가 드링크제를 마시지 않은 것이다.

'뭔가 눈치를 챈 것일까?'

그러나 이철진이 마시도록 둔 걸 보면 드링크제에 이상이 있다는 것을 눈치챈 것은 아니다. 다만 뭔가 이상하다는 느낌 정도를 가진 것이리라.

"이거… 갑자기 왜 이러지?"

이철진이 머리를 흔든다. 갑자기 어지러움을 느낀 때문이다. 방금 마신 드링크제 빈병을 집어 들고 살피던 그가 조상태를 부른다.

"야, 조 실장! 이리 와봐!"

"왜 그러십니까, 대표님?"

조상태가 엉거주춤 책상에서 일어서며 짐짓 어리둥절해하는 모양새를 취한다. 그러나 막상은 한 걸음도 떼지 않고 있다는 데서 이철진은 일단 의심을 굳힌다.

'조상태다! 조상태가 뭔가 일을 꾸미고 있는 것이다!'

치밀

"쌍피, 밀실로 가자!"

이철진이 힘없이 지시하자 쌍피가 곧장 그를 부축해 일으킨다. 그러나 그는 휘청거리며 제대로 걸음을 떼지 못한다. 다리에 힘이 풀리고 머리가 빙빙 도는 느낌이다.

"서둘러!"

그의 목소리에 다급함이 비친다. 상황 판단은 이미 되었다. 드링크제에 문제가 있는 것이다.

쌍피가 드링크제를 마시지 않은 건 천만다행이다. 그러나 조상태가 일을 꾸민 이상에는 치밀하게 준비했을 것이다. 지금 상황에서 가장 안전한 곳은 밀실이다. 일단 밀실로 들어가기만 한다면 당장의 위급한 상황은 모면할 수 있다. 그런 다음 시간을 가지고 사태를 수습할 방안을 강구하면 될 일이다.

쌍피는 깡마른 몸집과는 달리 힘이 장사다. 제법 큰 덩치의 그를 가볍게 안아 든다. 그런데 쌍피가 걸음을 재촉하여 향하는 곳은 밀실 쪽이 아닌 사무실 출입문 쪽이다.

"왜?"

그의 의혹에 쌍피가 무표정하게 대답한다.

"밀실 안에 누가 있는 것 같습니다."

순간 그는 차라리 명쾌해지는 듯하다. 조상태는 상황에 변동이 생길 경우 그가 반드시 밀실로 들어갈 것을 예측하고서 거기까지 미리 손을 써둔 것이다.

칼날

"막으세요! 저들이 밖으로 나가도록 두어서는 안 됩니다!"

조상태의 외침이 다급하다. 순간 김강한은 밀실의 문을 열어젖히고 밖으로 달려 나간다. 굳이 조상태의 말에 따른다기보다는 그가 생각해도 이철진이 사무실 밖으로 나간다면 일이 복잡해질 것 같아서이다.

김강한이 곧장 돌진해 가자 쌍피가 급하게 이철진을 벽에 기대 앉혀놓고 마주 부딪쳐 온다. 그리고 이윽고 두 사람이 격돌하는 순간인데, 갑자기 김강한의 눈앞에 두 줄기의 날카로운 빛이 번쩍하고 덮쳐든다.

'이크!'

김강한이 반사적으로 뒤로 물러서지만, 그 두 가닥의 빛줄기를 완전히 피해내지는 못한다.

서걱!

아주 예리한 무엇이 김강한의 양쪽 어깨 부위를 베고 지나간다. 살과 근육이 깊숙이 베어지는 느낌이 선명하다. 그러나 그 예리한 무엇은 이내 어떤 저항력에 덜컥 걸린 듯하다. 그러고는 외려 뒤로 밀려나듯이 그의 살과 근육에서 빠져나가는 느낌이다.

김강한은 설핏 스쳐 지나가는 쌍피의 눈빛에서 한 가닥 의혹이 비치는 것을 본다. 그러나 뒤늦게 발작처럼 일어나는 화끈한 통증에 치 떨리는 비명을 토해내고 만다.

"크윽!"

마치 불에 달군 쇠꼬챙이가 양어깨를 깊숙이 훑고 지나간

듯하다.

그리고 그제야 그는 그 예리한 무엇의 실체를 본다. 칼이다. 아니, 칼이라기보다는 칼날이다. 쌍피의 양손에 반월형으로 생긴 둥근 칼날이 채워져 있는데, 번뜩거리며 섬뜩한 예기를 뿜어내고 있다.

그러나 김강한이 그 기이하게 생긴 칼날에 계속 주의를 주고 있을 여유는 없다. 쌍피가 여세를 몰아 곧장 짓쳐들어오고 있다.

계산

조상태는 재빨리 이철진에게로 다가선다. 김강한이 쌍피에게 밀린다고 판단되면 즉시 이철진을 죽이고 도망친다는 계산이다.

이철진만 제거해도 그가 목숨까지 건 이 일생일대의 모험은 일단 성공이다. 그리고 혼자 남은 쌍피야 이후에 얼마든지 도모할 방법을 찾을 수 있을 것이다.

외단의 용도

쌍피가 양 주먹을 원투로 짧게 끊어 치는 동시에 반월형의 칼로도 김강한의 얼굴 전체와 목을 노린다. 김강한은 그 반월형 칼날의 위력을 이미 한번 경험해 본 터라 맨손으로 감당할 엄두는 감히 내지 못한다. 다급한 중에 그는 외단을 앞세운다.

김강한이 외단을 방패처럼 써서 쌍피의 양손 칼날을 막고, 이어 그 무형의 부드럽고 유연한 역장(力場)을 담요처럼 써서 쌍피의 양손과 양팔 전체를 덮어씌워 버린다. 그리고 다시 그 위로 쌍피의 팔을 맞잡는다.

갑작스럽게 양손과 양팔까지를 구속당한 쌍피의 당황과 이어 거칠게 뿌리치고 뒤트는 거센 완력이 고스란히 전해진다. 그러나 힘에서는 김강한이 우위다. 쌍피는 외단의 구속에서 빠져나가지 못하고 곧장 힘의 균형이 무너진다.

팍!

픽!

김강한의 무릎과 발이 잇달아 쌍피의 하체와 몸통을 파고 든다. 십팔수 중의 퇴법과 각법이다. 충격이 가중되자 쌍피는 결국 바닥으로 주저앉고 만다.

그런 중에도 쌍피의 눈빛에는 일격필살을 노리는 날카로움이 살아 있다. 그러나 압도적인 힘의 열세에는 도저히 방법이 없다. 이윽고 쌍피가 완전히 무너지고, 김강한이 그 위로 타고 앉으며 쌍피의 관자놀이에 팔꿈치를 틀어박는다.

그대로 실신하고 만 쌍피에게서 김강한은 우선 양손의 칼 날부터 제거한다. 설핏 살펴보니 칼날은 그 안쪽에 부드럽고 두꺼운 가죽 재질의 손잡이가 있어서 그것을 움켜잡는 형태이다.

금강불괴라더니!

김강한은 뒤늦게 어깨의 상처에 생각이 미친다.

옷자락을 당겨서 보니 피에 젖어 축축한 가운데 예리하게 베어진 형상이 보인다. 아까의 느낌과 통증만으로도 제법 깊숙하게 베인 것이 분명하다. 살과 근육뿐 아니라 어쩌면 신경까지 다쳤을지도 모른다는 뒤늦은 걱정에 그는 차마 옷자락을 들춰보지 못하고 일단 조심스럽게 양어깨를 움직여 본다.

그런데 살갗이 쓰라린 것을 제외하곤 심각하다 싶을 만큼의 통증은 없다. 뿐더러 어깨의 움직임도 원활한 편이다. 그제야 그는 베인 옷자락을 살짝 들춰본다. 어깨의 삼각근 부위가 길게 베였다. 상처는 제법 깊어서 베인 살이 벌어져 살짝 뒤집혀 있다. 주변의 옷자락까지 흥건하게 젖은 정도로 봐서는 피가 제법 많이 흐른 듯한데, 지금은 저절로 지혈이 된 듯 출혈이 멈추어 있다.

김강한은 베어진 옷자락 안쪽을 손가락으로 더듬어본다. 아까 칼날에 베일 때의 어떤 저항력에 덜컥 걸린 듯하던, 그리고 그 저항력이 칼날을 밀어내듯이 하던 느낌에 대해서 혹시 옷자락 안쪽에 질기고 단단한 밴드 같은 것이라도 덧대어졌나 하는 생각에서이다. 그러나 그런 것은 없다. 그저 얇은 옷감일 뿐이다.

어쨌거나 생각보다 상처가 덜해서 다행이긴 한데, 그러나 문득 엉뚱한 아쉬움이 든다.

"금강불괴라더니……!"

나직이 중얼거려 보는 그의 머릿속에서 그때 꿈속의 여인이 한 말이 새삼스럽다.

"앞으로 네가 어떠한 신체의 상해를 입는 경우라도 심장의 박동이 멈추지 않는 한에는 내단이 끝까지 네 생명의 근원을 지켜 줄 것이다. 더불어 금강신은 너의 내부 근원으로부터 이미 시작이 되었으니 장차 너의 내공 화후에 따라 점차 너의 신체 전반으로 확장될 것이다. 신체를 금강불괴로 단련해 간다는 의미이다."

그만하라고 했다?

쓰러진 채로 움직임이 없는 쌍피에게로 조상태가 잰걸음으로 다가서고 있다. 그러더니 돌연 쌍피의 얼굴이며 온몸을 사정없이 짓밟는다.

김강한이 설핏 인상을 찌푸리지만 굳이 제지하지는 않는다. 그들 둘 사이에 쌓인 게 있으려니 짐작되기도 하고, 어쨌거나 그놈이 그놈인데 괜히 간섭하기는 성가셔서다.

그런데 잠시 보고 있자니 너무 심하다 싶다. 쌍피가 금세 피투성이가 되었는데도 조상태는 전혀 그칠 모양새가 아니다. 병신으로 만들거나 아예 죽이려는 작정으로 보인다. 그러나 도대체 무슨 억하심정인지는 모르겠으나, 실신해 있는 사람을 저렇듯이 일방적으로 폭행하는 것은 너무 비열하지 않는가?

"그만해."

김강한이 보다 못해 나직이 뱉는다. 그러나 조상태는 못 들은 듯 계속해서 쌍피의 무릎과 발목 관절을 짓이긴다.

"그만하라고 했다?"

김강한의 목소리가 한층 날카로워졌고, 그제야 조상태가 멈칫하며 하던 짓을 멈춘다.

이어 조상태는 곧장 자신의 책상으로 가서 면 테이프를 가져온다. 그리고 쌍피의 두 손을 등 뒤로 돌려 몇 겹이나 단단히 결박하는데, 그런 모습에서는 그가 쌍피에 대해 가지고 있는 경계심이 얼마나 큰지를 새삼 짐작해 보게도 된다.

먼저 경험해 본 입장

"일단 이철진부터 처리하시죠?"

조상태가 이마에 몇 줄의 가는 주름을 만들며 말한다.

그 말은 '다른 데 신경 쓰지 말고 당신 용무나 보시오'라는 뜻으로도 들리기에 김강한으로 하여금 새삼 스스로의 입장을 정리해 보게 만드는 데가 있다. 사실이 그렇다. 그는 이철진에게 용무가 있을 뿐이고, 나머지 일에 대해서야 어떻게 되든지 별 상관할 바가 아닌 것이다.

이철진은 이제 약기운이 완전히 돌았는지 온몸이 축 늘어진 채로 벽에 등을 기대고 바닥에 주저앉아 있다.

"저래서야 뭘 물어볼 수도 없잖아? 깨우는 약은 없어?"

김강한의 말에 조상태가 차분하게 대답한다.

"약은 따로 없고 한 시간 정도쯤 지나면 저절로 깰 겁니다. 그리고 몸이 말을 안 들어서 그렇지 정신은 비교적 멀쩡한 편이니 말을 시키는 데는 크게 문제가 없을 겁니다."

"그래?"

약간의 의구심을 가진 채로 김강한이 이철진에게로 다가서 허리를 숙여 눈을 맞춘다. 과연 눈의 초점이 비교적 분명한 채로 이철진이 그를 쏘아본다.

짜악!

김강한이 다짜고짜 뺨부터 후려갈기자, 이철진의 고개가 휙 옆으로 돌아가더니 그 여력에 몸까지 옆으로 기울며 바닥으로 쓰러지고 만다.

쿵!

김강한이 쓰러진 이철진의 뺨을 잇달아 후려친다.

짝! 짜악!

차진 따귀 소리가 울릴 때마다 이철진의 머리가 바닥에 닿은 채로 이쪽저쪽으로 홱홱 돌아간다. 이윽고는 입술과 코에서 피가 터지며 충격파처럼 허공에 비산하고, 벌겋게 부어오른 뺨은 붉은색에서 푸른색으로, 그리고 다시 거무죽죽하게 변해간다.

그렇게 일고여덟 대쯤. 이철진의 눈이 완전히 풀리고 나서야 김강한은 멈추고 다시 발끝으로 가볍게 이철진의 명치를 찍어 찬다.

"컥!"

다급한 신음을 뱉으며 이철진이 화들짝 깨어난다. 그러나 고통에 얼굴이 잔뜩 일그러졌을망정 이철진은 눈의 초점을 다시 김강한에게로 맞춰온다.

김강한이 말없이 다시금 발끝을 놀린다.

툭!

"큭!"

한쪽에서 지켜보던 조상태가 저도 모르게 부르르 진저리를 치고 만다. 김강한의 가볍게 툭툭 찍어 차는 발끝이 만들어내는 고통이 얼마나 지독한 것인지를 먼저 경험해 본 입장이다.

당신은 어때?

이철진은 이를 악다물고 있다. 터져 나오는 신음 소리를 애써 삼키려는 모양새다. 그러나 김강한의 발길질이 가해질 때마다 소스라치는 그의 몸과 흉하게 일그러지는 얼굴은 그가 겪고 있는 고통이 어떠한지를 여실히 말해주고 있다. 그러나 그의 눈빛만큼은 치열한 증오로 이글거리고 있다.

김강한이 문득 발길질을 멈춘다. 그리고 무심한 듯이 묻는다.

"아프냐?"

처음으로 건네는 말이다. 이철진의 눈매가 미미하게 가늘어진다. 잔뜩 일그러진 데다 온통 땀범벅인 얼굴에서 그 조그만 움직임은 어떤 표정의 변화를 만들어내기는 역부족이다. 그러나 선명히 읽히는 것은 있다. 치열한 독기와 소름 끼치도록 차가운 증오. 그것은 또한 김강한의 물음에 대한 무언의 대답이기도 할 것이다.

"고통스러우냐고."

김강한이 다시 말하자 이철진이 그제야 씹어뱉는 듯이 거친 목소리를 낸다.

"너… 누구니? 누가 보냈니?"

이철진이 대답 대신 오히려 물은 데 대해 김강한의 발끝이 다시금 그의 옆구리로 틀어박힌다.

툭!

이번에는 강도가 좀 더 세다.

"커… 억!"

숨 끊어지는 소리를 내며 이철진의 두 눈이 하얗게 뒤집힌다.

툭!

한 번 더 찍혀드는 김강한의 무심한 발끝에 이철진의 온몸이 격렬한 경련을 일으킨다.

"크… 으… 윽! 원하는… 게… 뭐냐?"

이철진이 겨우 쥐어짜 내는 목소리에 김강한이 발길질을 멈추며 덤덤히 묻는다.

"물었잖아? 아프냐고. 고통스러우냐고."

간신히 고통을 추스른 이철진이,

"허어!"

하고 한숨인지 허탈한 실소인지 모를 소리를 뱉고 나서 다시 무겁게 가라앉은 목소리로 대답을 낸다.

"그래, 아프다. 고통스럽다."

"개패라고 알지?"

김강한의 그 물음에 대해서는 이철진이 설핏 의아해하는 기색을 띠면서도 간단히 고개를 끄덕여 수긍한다.

"강수문이라고 기억나?"

김강한의 다시금의 물음에는 이철진이 잠시 기억을 더듬는 기색 끝에 고개를 가로젓는다.

"개패와 그 배후의 원흉인 당신 때문에 처절한 모멸과 좌절, 파괴를 겪은 끝에 결국은 비참하게 죽음을 맞은 사람이야. 그 사람이 그랬어. 자신이 당한 만큼 당신들에게도 지옥 같은 고통을 맛 보여주고 싶다고. 할 수만 있다면 죽여 버리고 싶다고."

"으음!"

이철진이 무거운 신음을 흘린다.

"개패를 먼저 만나고 오는 길이야. 놈에게도 강수문이 겪은 것처럼 지옥 같은 고통을 맛 보여주려고 했지. 그런데 지옥 같다는 게 어느 정도인지가 참 애매하더라고. 어쩌다 보니 좀 심하게 다루었는데, 놈이 그냥 그렇게 되어버리더라고."

이철진의 눈빛이 미미하게 흔들린다. 그런 그를 잠시 응시하고 있다가 김강한이 덤덤한 투로 다시 묻는다.

"당신은 어때? 역시 이 정도 가지고 지옥 같은 고통이라고 하기는 좀 그렇지?"

그리고 김강한이 다시금 발끝을 세우자 이철진이 저도 모르게 부르르 진저리를 치고는 질끈 눈을 감고 만다.

살고 싶은가?

"살려주십시오!"

외마디 소리로 외친 자는 쌍피다. 양팔이 뒤로 묶인 데다 허리와 다리마저도 온전치 못한 듯이 온몸으로 바닥을 기듯이 하여 김강한의 발 앞까지 온 그가 숫제 머리를 조아린다.

"저희 대표님만 살려주시면 뭐든 다 하겠습니다! 대표님 대신 죽으라면 죽겠습니다! 그러니 제발 저희 대표님은 살려주십시오!"

간절한 애원이다. 쌩피 자신이 아닌 이철진을 살려달라는. 김강한이 당황스러운 중에 이철진의 굳게 감은 눈까풀이 바르르 떨리는 것을 보면서는 설핏 짠한 마음이 들기도 한다.

쌩피에 대해 그가 아는 바는 없다. 그러나 잠깐 받은 인상만으로도 꾸며서 연기할 수 있는 재주는 없는 인물 같다. 그렇다면 지금의 저런 애원은 정말로 마음에서 우러나오는 충성심일까?

김강한은 문득 불편한 심정이 된다. 도무지 수긍이 되지 않아서이다. 이철진 같은 악질 사채업자에게 저런 충성이라니 말이다.

"살고 싶은가?"

김강한이 이철진을 향해 무표정하게 묻는다. 이철진이 바로 대답하는 대신 힐끗 쌩피를 본다. 그리고 잠시 틈을 두고 나서야 나직이 대답을 꺼낸다.

"그렇다."

그 담담하기까지 한 투에는 김강한이 차라리 당황스럽다. 방금 전까지 치열한 독기와 소름 끼치도록 차가운 증오를 보이던 자다. 더불어 다른 누군가의 마음에서 우러나오는 충성을 받은 자가 아닌가? 그런 자가 내놓는 대답치고는 사뭇 뜻밖이다. 가볍다고 할까, 아니면 솔직하다고 할까?

이제 와서 달라질 건 또 무엇이겠는가?

"우선 사죄부터 해! 강수문에게! 진심으로!"

김강한의 그 말에 대해서는 이철진이 잠시 침묵한 끝에야 무겁게 묻는다.

"진심으로? 내가 진심으로 사죄한다고 말하면 믿어줄 텐가?"

그 말에는 김강한이 선뜻 답을 하지 못하는데, 이철진이 쓰게 웃으며 덧붙인다.

"난 강수문이란 사람을 기억하지 못한다. 그리고 기억하지도 못하는 사람에게 진심이 담긴 사죄를 할 자신은 없다."

김강한은 문득 당혹스럽다. 하긴 그렇다. 설령 이철진이 강수문을 기억한다고 해도, 그래서 진심으로 사죄한다고 한들 그 말이 진심인지, 다만 연기인지 그가 어떻게 판단할 수 있단 말인가? 나아가 이제 와서 사죄를 받아낸다고 해서 달라질 건 또 무엇이겠는가?

교활하고 독하고 위험하기는 니가 더해!

"잠시만… 저한테 좀 맡겨주십시오. 잠깐이면 됩니다."

조상태가 김강한을 향해 사뭇 조심스럽게 청한다.

뭘 맡겨달라는 건지 의아하기도 하고 그 전에 조상태가 불쑥 나서는 자체가 마땅찮지만, 그렇다고 무턱대고 무시하기는 또 그래서 김강한이 인상만 한번 써 보이고는 옆으로 비켜서 준다.

그 틈에 조상태가 성큼 이철진에게로 다가선다. 그러고는 이철진의 왼편으로 한 무릎을 꿇고 앉는데, 마치 둘만의 내밀한 대화라도 나누려는 모습이다. 그런데 하필이면 그 자세가 그와는 등을 지는 것이어서 김강한이 다시금 이마를 찡그릴 때다.

"너⋯⋯?"

이철진의 목소리가 떨려 나오더니,

"크으⋯ 윽!"

고통스러운 신음이 뒤따른다. 순식간에 벌어진 일이다.

"이봐! 지금 뭐 하는 거야?"

김강한이 화들짝 놀라 다가서며 조상태의 어깨를 낚아채 뒤로 확 당겨낸다. 그리고 그의 시야에 들어온 광경이라니!

이철진이 두 눈을 부릅뜬 채로 부들부들 몸을 떨고 있다. 그런 그의 옆구리에 칼 한 자루가 자루만 남긴 채 깊숙이 박혀 있다. 칼이 꽂힌 자리에서는 이내 피가 홍건히 배어 나오며 바닥으로 뚝뚝 떨어진다.

"대표님~!"

쌍피가 소스라치며 이철진에게로 기어간다. 그런 중에 조상태가 주춤거리며 저만치 물러나고 있는 것을 김강한이 단걸음에 쫓아가서 뺨부터 올려붙인다.

짝!

조상태가 크게 휘청거렸다가는 간신히 몸을 바로 세운다. 그리고,

"당신 지금… 도대체 무슨 짓을 한 거야?"

하고 고함치는 김강한에 대해서 오히려 태연한 기색으로 반문한다.

"어차피 죽일 거 아니었습니까?"

"누가? 내가? 내가 언제 죽이겠다고 했어?"

"처음에 이철진을 어떻게 할 거냐고 물었을 때, 죽여 버릴 거라고 하지 않았습니까? 그리고 어차피 개패도 이미 죽인 마당 아닙니까?"

"이런… 개패는 또 누가 죽였다고 그래?"

순간 조상태의 눈빛이 설핏 흔들린다. 그러나 그는 이내 침착한 빛으로 돌아간다.

"보셨다시피 이철진은 누구보다도 교활하고 독하고 위험한 자입니다! 지금 기회를 잡았을 때 제거하지 않으면 반드시 우리 등 뒤에다 칼을 꽂아 넣고야 말 겁니다!"

"우리?"

짧게 반문하는 김강한의 얼굴이 문득 차갑게 굳는다.

"이봐, 함부로 사람 엮으려 들지 마! 그리고 내가 보기에 교활하고 독하고 위험하기는 니가 더해!"

조상태가 멈칫하는 기색이 된다. 그리고 잠시 김강한과 시선을 마주치고 있더니 입을 다문 채로 조용히 뒤로 물러난다.

김강한이 다시 이철진의 상태를 살펴보다가 급한 대로 이철진의 옆구리에 박힌 칼부터 뽑으려고 할 때다.

"안 됩니다! 지금 칼을 뽑으면 더 위험해집니다!"

황급하게 소리친 건 쌍피다. 김강한이 멈칫 손을 거두는데, 그런 그를 보며 이철진의 눈가에 희미한 웃음기가 떠오른다.

횡사(横死)

조상태는 확신한다. 이철진이 곧 죽게 될 것이라고. 그가 찌른 칼은 이철진의 옆구리를 깊숙하게 파고들었고, 그런 정도면 심각한 장기 손상에다 더욱이 치명적인 내부 출혈을 피할 수 없다. 일차적인 목적은 달성한 셈이다.

그는 조심스럽게 출입문을 향해 움직인다. 모두의 주의가 이철진에게로 향해 있는 틈을 타 일단 이 자리를 피하고 보자는 계산이다. 그런데 그가 이윽고 문까지 서너 걸음만을 남겨두었을 때다.

"조상태!"

차갑게 그를 부르는 것은 쌍피다. 어떻게 겨우 몸을 일으켰는지 쌍피가 비틀거리며 다가오고 있는 중이다. 여전히 두 손이 등 뒤로 묶여 있고 심하게 다리를 절룩이며 휘청거리는 모습이지만, 그 지독히도 처절한 살기만으로도 조상태는 지레 질리는 심정이 되고 만다.

그러나 조상태는 곧바로 냉철함을 되찾는다. 오히려 지금이 기회다. 쌍피까지 제거할 수 있는. 허리춤을 더듬자 칼자루가 만져진다. 그가 늘 몸에 지니고 다니는 두 자루 중 나머지 하나다.

'오냐! 와라! 이참에 너도 죽여주마!'

조상태는 힘주어 칼자루를 움켜쥐고 힘겨운 몸짓의 쌍피가 바로 앞까지 다가올 때를 침착하게 기다린다. 그리고 이윽고 맹수가 숨겨둔 발톱을 세워 휘두르는 것처럼 맹렬하게 쌍피의 목을 찌른다.

그런데 그 순간이다. 쌍피가 몸을 던지듯이 와락 옆으로 눕히며 동시에 두 다리로는 조상태의 목을 휘감는다. 그리고

쿵!

쌍피와 조상태가 한 덩어리가 되어 바닥으로 나뒹굴고, 그런 채로 쌍피의 두 다리가 조상태의 목을 조인다.

우드득!

이내 조상태의 목에서 뼈마디 부러지는 소리가 난다. 그러고 나서야 쌍피가 천천히 다리를 풀지만, 조상태의 몸은 바닥에 축 늘어진 채로 꼼짝도 하지 않는다. 한눈에 보기에도 즉사다. 혹은 그 뜻밖의 돌연함에서는 횡사(橫死)랄까?

그런 일련의 상황은 그야말로 순식간에 벌어진 것이라 김강

한이 잠시간을 더 멍하니 있은 다음에야 퍼뜩 정신을 추스르며 짧은 탄식을 토해낸다.

"아!"

그래서 어쩌라고?

죽은 조상태의 옆에서 쌍피가 또한 죽은 듯이 널브러져 있다. 모든 기력을 다 소진한 모습이다.

참혹하다고 해야 할 그런 광경에서 김강한은 왠지 짠함을 느낀다. 쌍피에 대해서다. 그가 천천히 다가가 쌍피의 양손 결박을 풀어준다.

그러자 또 어디에서 힘이 생기는지 쌍피가 포복이라도 하는 모양새로 팔꿈치와 무릎으로 기어 이철진의 곁으로 다가간다. 그러고는 재킷과 셔츠를 벗어젖히더니 셔츠를 길게 찢어 붕대처럼 만든 다음 이철진의 옆구리에 꽂힌 칼을 그대로 둔 채로 조심스럽게 상처 부위와 복부를 여러 겹으로 감싸서 묶는다. 그런 중에 이철진은 몸을 전혀 움직이지 못하는 듯이 가끔씩 얼굴만 찡그리는 모습이 사뭇 위태로워 보인다.

"119를 불러야 하는 거 아니오?"

김강한이 쌍피에게 말하고 보니 좀 어색하다. 119가 필요한 건 쌍피 역시도 마찬가지로 보여서다. 그런데 쌍피는 아예 반응을 하지 않고 이철진이 힘겨운 기색인 중에도 눈가에 희미하게 웃음기를 떠올리며 받아준다.

"나처럼 교활하고 독하고 위험한 데다… 나쁜 짓을 많이 한 놈일수록 쉽게 죽지 않는 법이오."

그 말에는 김강한이 생각 없이 피식 실소하고 마는데, 이철진이 차분하게 다시 잇는다.

"그리고 119를 불렀다가는 그쪽도 곤란해지지 않겠소?"

그 말에는 김강한이 힐끗 출입구 쪽으로 시선을 돌려보지 않을 수 없다. 두 눈을 부릅뜬 채로 죽어 있는 조상태의 모습이 새삼 섬뜩하다.

김강한이 가만히 한숨을 내쉰다. 그는 지금 적나라한 살인의 현장에 있는 것이다. 그리고 그 역시도 이 살인에 무관하다고 할 수 없다. 이렇게까지 될 거라곤 미처 생각지 못했지만, 어쨌든 그가 발단을 제공해서 촉발된 일임에는 분명하다.

그러나 이미 저질러진 일이다. 그의 생각이 문득 차갑게 비틀린다.

'그래서 어쩌라고?'

"장 박사에게 전화해서 내가 좀 다쳤으니까 응급처치 준비해서 즉시 와달라고 해. 그리고 입 무거운 애들로 두엇만 불러서 여기 정리 좀 하고."

이철진의 차분한 지시에 쌍피가 바닥에 주저앉은 채로 어디론가 전화를 한다.

진심으로 사죄하겠소!

　김강한은 소파에 놓아둔 배낭을 챙겨 멘다.

　그리고 성큼성큼 걸어서 사무실을 나선다. 굳이 작별 인사를 할 것은 아니겠기에.

　그때다.

　"강수문이란 분께 진심으로 사죄하겠소."

　등 뒤에서 이철진의 목소리가 나직하지만 묵직하게 울린다.

　그러나 김강한은 뒤돌아보지도, 걸음을 늦추지도 않는다.

제3장
—
악몽

실패한 것은 실패한 대로의 매듭을 지어야만 한다!

최근의 연속된 실패를 생각할 때마다 최도준은 분노가 증폭된다. 물론 작은 실패들에 불과하다. 단지 그의 기호와 취미에 관한 것들에 불과하니 말이다. 그러나 그의 자존심과 결부되는 실패이다. 특히나 그의 것을 남에게 빼앗겼다는 데서는 그것이 아무리 사소한 것일지라도 그를 참지 못하게 만든다.

'실패한 것은 실패한 대로의 매듭을 지어야만 한다! 어떻게든!'

그렇게 하지 못한다면 그는 이 치열한 분노에서 결코 벗어나지 못할 것이며, 다른 어떤 것에도 집중하지 못할 것이다. 그리고 이윽고는 분노를 주체하지 못하는 지경에 몰려 무슨 일을 저지를지 스스로가 두렵다. 그는 그런 성격이다.

윤 팀장이 진력(盡力)하고 있는 중이다. 성질대로 하자면 진즉에 잘라 버렸을 것이지만, 그래도 윤 팀장만큼 그의 성격과 취향을 잘 이해하고 맞출 수 있는 인물을 찾기란 결코 쉽지 않다. 아쉬우나마 당분간은 더 데리고 있는 수밖에.

휴대폰이 울린다. 윤 팀장이다. 호랑이도 제 말 하면 나타난다더니 제 생각을 하고 있는 줄 어떻게 알고…….

"대표님!"

"뭐야?"

그의 반응이 일단 곱지 않은 것은 당연하다.

"찾았습니다!"

"다짜고짜 뭘 찾았다는 거야?"

"그 여자 말입니다! 진초희!"

"뭐? 확실해?"

"예! 거주지까지 확실하게 파악했습니다!"

"그래?"

최도준의 목소리가 흥분으로 고조된다. 일이 꼬이기 시작한 가장 먼저의 실패이자 가장 아쉬움이 남는 실패를 어쩌면 매듭지을 수 있을 것 같다. 잘하면 손상당한 자존심을 만회할 수 있을지도.

'가장 먼저의 실패'의 목격자

최도준은 정호일에게 보여주기로 한다. 그가 결국 다시 진
초희를 정복해 가는 과정과 그 과정에서의 그의 심리적 희열
까지를.

그런 노출에서 쾌락을 느끼고자 한다기보다는 정호일이 이
'가장 먼저의 실패'의 목격자이기 때문이다. 그럼으로써 그가
실패를 매듭짓고 나아가 그의 자존심을 만회하는 과정에는
당연히 정호일이 다시금의 목격자가 되어야 하는 것이다.

"걔 있잖아?"

"누구?"

"그때 교외에서 내가 작업하다가 놓쳐 버린 여자애."

"아……!"

"걔가 어떤 앤지 알아?"

"홋! 그걸 내가 어떻게 알겠어?"

"흐흐흐! 나중에 알게 되면 놀라 뒤집어질걸?"

"누군데 그래?"

"이름은 진초희! 자세한 건 나중에 알려줄게. 어쨌건 지난번
에는 일이 이상하게 꼬여 버렸는데, 흐흐흐! 내가 누구야? 한
번 점찍은 목표는 무슨 수를 써서라도 반드시 자빠뜨리고야

마는 의지의 한국인이잖아? 안 그래?"

딱 한 번만 더!

정호일은 당황스럽다.

그때는 그저 화였고 옹심이었다. 최도준의 병적인 짓거리에
한 번쯤 훼방을 놓고 싶었을 뿐이다. 막상은 어떤 실제적인 훼
방을 놓지도 못했지만.

그런데 지금 다시 비슷한 상황이 벌어지고 있다. 물론 다시
화가 나거나 옹심이 생긴다는 건 아니다. 모른 체하면 될 일이
고, 그렇게 하는 게 맞다. 그때도 그랬어야 하는 것이지만.

당황스러운 건 빠르게 커지고 있는 내심의 갈등이다. 더욱
이 그것이 최도준에 대해서가 아니라 엉뚱하게도 그 여자 진
초희에 대해서란 사실 때문이다. 그녀에게 다시금 위험이 닥
치고 있다. 그리고 이번에 그녀는 지난번과 같은 행운을 다시
바랄 수는 없을 것이다. 최도준의 집착이 제대로 발동된 이상,
두 번의 실패는 결코 용납하지 않을 테니까.

'연민일까?'

그러나 그는 여자를 경멸한다. 세상 모든 여자에 대한 경멸
이다. 어릴 때 그를 떠나 버린 어머니 때문이다. 물론 어머니
의 입장에서는 아버지의 무분별한 여성 편력과 폭력 때문에
그럴 수밖에 없었다고 할 것이다. 그러나 그건 변명에 불과하

다. 어머니라면, 자식을 둔 어머니라면 어떤 경우에도 자신이 낳은 자식을 버려서는 안 되는 것이다.

사실은 그때도 최도준에 대한 화나 옹심에 의해서가 아니라 그녀에 대한 연민 때문이었는지 모른다. 처음부터. 나중에 돌이켜 생각해 보니 그녀는 그를 떠난 어머니를 많이 닮았다. 얼굴형과 이미지에서. 그러고 보면 그는 어머니를 경멸해 왔지만, 한편으로 사무치게 그리워하는 마음도 함께 가지고 있던 것일까?

그는 이윽고 마음을 굳힌다. 그가 할 수 있는 한도 내에서 어느 정도의 위험을 감수하고라도 그녀에게 도움을 주기로. 딱 한 번만 더. 아니, 실제적으로는 이제 처음이자 마지막으로 딱 한 번만.

'만약 그럼에도 그녀가 여전히 위험에서 벗어나지 못한다면?'

더 이상은 그로서도 어쩔 수 없는 노릇이다. 그가 감당할 수 있는 일탈과 모험은 거기까지다. 한 푼의 실리도 없이 자칫 심각해질 수도 있는 위험만 감수해야 하는 싸구려 감성 놀이는 한 번으로 충분하다.

경계

중산은 진초희와 함께 외출에서 돌아오는 길이다.

그녀는 요즘 재단의 설립과 운영에 대한 관심이 커서 자료 조사와 관련 분야의 전문가들에게 자문을 받느라 외출이 잦아졌다.

그녀의 그런 관심이 오랫동안의 숙고 끝에 나온 것임은 잘 아는 바이지만, 그러나 최근에 벌어진 사고를 생각한다면 당분간이라도 활동을 자제해야 할 판에 오히려 외출이 빈번해지는 데 대해서는 걱정이 많다. 그러나 그로서는 딱히 어떤 조치를 취하지는 못하고 있다.

이번에 사고가 있은 직후 당분간이라도 안전 대책을 강화하는 차원에서 한두 명쯤의 전담 경호원을 두자는 건의를 그녀에게 했다. 세일 그룹 측에 협조를 구하거나, 혹은 자체적으로 고용하면 될 일이다. 그러나 그녀는 간단히 거부했다. 대안으로 만약의 어떤 추가적인 도발이 있을 가능성도 있으니 일단 거처라도 옮기자고 해보았지만 그 건 역시도 그녀를 설득하지는 못했다.

그녀는 자신의 일상에 다른 누군가가 간섭하거나 개입하는 행위에 대해 반사적인 거부감을 가지고 있는 편이다. 그녀에 대한 경호를 지시받고 그가 처음 한국에 왔을 때, 한동안은 사뭇 단호한 거부를 당하다가 겨우 받아들여진 일도 한 예라고 하겠다.

어쨌든 그런 마당에 그가 할 수 있는 일은 그저 최대한 조심하고 주변에 대한 경계를 강화하는 것뿐이다.

습격

오피스텔 지하 주차장 안으로 들어서면서 중산은 세심하게 주위를 살핀다. 그리고 마침 비어 있는 엘리베이터 가까이의 빈 공간으로 주차를 한다.

그런데 그가 막 주차를 끝내고 엔진 시동을 끄려 할 때다. 어디에선지 승합 차량 두 대가 쏜살같이 달려오더니 차 앞을 가로막아 선다. 그러고는 일단의 사내들이 우르르 뛰어내린다. 중산이 곧바로 상황 판단을 하고 차 문을 잠그면서 뒷좌석의 진초희에게 급하게 외친다.

"아가씨, 안전벨트 하고 꽉 잡으세요!"

그러곤 그대로 가속페달을 힘껏 밟는다.

부아앙!

차가 굉음을 내며 앞으로 튀어 나가서는 앞쪽 승합차의 측면을 들이박는다.

쿵!

그러나 승합차와의 간격이 너무 좁았던 탓에 승합차는 한 차례 들썩일 뿐 그 자리에 그대로 버티고 서 있다. 그때다.

쾅! 쾅!

사내들이 쇠파이프며 야구 배트로 차의 전면 유리와 측면 유리창을 마구 내려친다. 유리창에 하얗게 균열이 가면서 부서진다. 중산이 이대로는 더 이상 버틸 수 없다고 판단하고 다시 진초희에게 외친다.

"아가씨, 제가 나가서 놈들을 막을 테니 아가씨는 112에 전화해서 신고하십시오!"

그리고는 중산이 차 문을 박차고 바깥으로 뛰쳐나가는데, 쇠파이프 하나가 곧장 그의 머리를 노리고 날아온다. 중산이 재빨리 허리를 숙여 피하면서 상대의 명치에 주먹을 질러준다. 그리고 푹 주저앉고 마는 놈에게서 쇠파이프를 뺏어 들고는 곧장 그 옆의 사내를 향해 휘두른다.

깡!

사내가 야구 배트로 막는 것을 중산이 힘으로 밀어붙이며 짧게 놈의 국부 급소를 올려 찬다.

"큭!"

놈이 비명을 터뜨리며 바닥으로 구른다. 그러나 주변에서 다시 대여섯 명의 사내가 덮쳐드는 데는 중산으로서도 어쩔 수 없이 뒤로 밀리고 마는데, 그렇게 그는 차로부터 조금씩 멀어지게 된다.

다급하게 핸드백을 뒤져 휴대폰을 꺼낸 진초희는 덜덜 떨리는 손으로 112를 누른다. 그러나 숫자 버튼을 잘못 누르는지 자꾸만 전화 연결이 되지 않는다. 그때다.

픽!

퍼억!

밖에서 사내 하나가 망치로 그녀 옆의 측면 차창을 후려친다. 그녀가 하얗게 질리는 중에 다시 한번의 충격과 함께 이윽고는 차창에 주먹 하나가 들락거릴 만큼의 구멍이 나고, 그 사이로 손을 집어넣은 사내가 간단히 잠금장치를 해제하고는 문을 열어젖힌다. 그러고는 거칠게 진초희를 밖으로 끌어낸다.

"아가씨!"

중산이 절박하게 외치지만 사내들의 포위 속에 갇힌 그로서는 속수무책으로 어떻게 해볼 방법이 없다.

그때다. 다시 흰색의 승용차 한 대가 승합차들 앞으로 빠르게 달려와서 서고 사내들이 진초희를 그 차 안으로 밀어 넣는다.

우리가 해줄 수 있는 건 여기까지요!

윤 팀장은 승용차의 조수석에서 차분하게 전체적인 상황을 체크하고 있다. 지난번에 전혀 예기치 못한 실패를 경험한 만큼 이번에는 치밀하게 계획된 각 단계를 세심하게 점검하며 하나씩 실행해 나가고 있는 중이다.

진초희가 뒷좌석으로 태워진다. 이어 그의 지시에 따르는 사내 둘이 양쪽에서 그녀를 꼼짝하지 못하도록 속박하자 윤 팀장은 준비한 주사기를 꺼낸다. 지난번에는 분말 상태의 약을 와인 잔에다 탔지만, 그녀가 충분히 마시지 않았는지 약효가 부족했다는 추정 결과가 나왔으므로 이번에는 확실하게 주사기로 직접 주입하려는 것이다.

주사액이 주입되자 진초희의 저항은 이내 반감된다. 이제 최도준이 기다리고 있는 곳으로 데려가기만 하면 그의 임무는 끝이다.

그런데 윤 팀장의 승용차가 막 지하 주차장을 벗어날 때다. 마침 주차장으로 들어오던 승합차가 갑자기 핸들을 꺾더니 그의 차를 그대로 들이받아 버린다.

이어 승합차에서 건장한 덩치 대여섯 명이 내리는 걸 보고 윤 팀장 쪽에서도 세 명이 급하게 차에서 내린다. 그런데 저쪽의 덩치들이 다짜고짜 덮쳐들며 주먹을 휘두르면서 곧장 난투가 벌어진다.

그런 중에 덩치들 중의 하나가 곧장 윤 팀장의 차로 와서 조수석의 문을 열어젖히고는 그대로 주먹을 날리는데, 윤 팀장이 턱에 한 방을 맞고는 속절없이 의식을 잃고 만다.

진초희는 빠르게 퍼져 나가는 약기운으로 인해 차에서 미처 빠져나가지 못하고 있는 중인데, 덩치가 차 문을 열고 그녀를 부축해 차에서 내리게 한다. 그러고는 나직한 투로 빠르게 말을 건넨다.

"이봐요, 아가씨! 우리가 해줄 수 있는 건 여기까지요! 내 말 알아들었소? 그럼 빨리 도망쳐요! 놈들이 몰려오기 전에! 어서!"

이런 일을 또다시 겪게 되다니……!

진초희는 휘청거리며 걷는다. 온몸은 이미 이상한 열기로 뜨겁고 의식마저 빠르게 흐려지고 있다.

몸의 그런 변화는 낯설지가 않다. 이미 한번 겪은, 그것도 바로 얼마 전에 겪은 것과 같은 현상이다.

'아아! 이런 일을 또다시 겪게 되다니……! 제발 지금 이게 현실이 아니기를! 다만 악몽을 꾸고 있는 것이기를……!'

그러나 한편으로 그녀는 치열하게 위기감을 끌어 올린다. 어떻게든 정신을 추슬러야만 한다. 지난번의 경험에서 자신이 이제 곧 어떤 상태로 되리라는 것을 예측할 수 있기 때문이다. 그나마 정신이 온전할 때 최대한 빨리, 그리고 조금이라도 더 멀리 도망쳐야만 하는 것이다.

문득 두렵다

또 한 주일이 아무런 의미도 없이 지나가고 있다.

김강한은 혼자 최고급 레스토랑에서 식사도 해보고, 룸살롱에 가서 즐겨도 보고, 오성급 호텔에서 잠도 자본다.

그러나 도통 즐겁지가 않다. 무의미하기만 하다.

강 형을 위해 마지막으로 해주고 싶은 일들을 어쨌든 마무리해서일까?

'힘이 좀 생긴 김에 그걸 구실 삼아 마지막 잔치를 즐긴다는 마음으로 한바탕 격렬하게 조금 더 살아볼 작정'을 한 바 있음에도 다시 막연하고 막막하다.

무엇을 어디서부터 어떻게 해야 작정대로 사는 것으로 되는지.

문득 두렵다.

이러다 결국은 또다시 살아갈 의미를 잃고 하루하루를 버텨내는 힘겹고 무의미한 삶을 살아가게 되는 건 아닐까?

비틀거리지 않을 수도 있기 때문

김강한의 배낭 안에는 오만 원짜리 지폐가 여전히 가득하다.

돈이 넘치게 있다고 크게 즐거울 건 없지만, 그래도 편리한 건 많다. 그중에서도 가장 맘에 드는 건 언제라도 술에 취할 수 있다는 거다.

그는 오늘도 술에 취했다. 객실을 잡아놓은 인근의 호텔로 걸어가면서 그는 괜히 비틀거려 본다.

'괜히'라는 건 그가 비틀거리지 않을 수도 있기 때문이다.

"부동신과 금강신, 곧 외단과 내단은 상생의 이치로 외부의 자극과 충격을 촉매로 삼아 끊임없이 서로를 보완하는 과정을 수행하면서 스스로 강해진다."

금강부동결의 그 대목과 연관 지어 김강한이 최근에 문득 생각해 본 것이지만, 술도 '외부의 자극과 충격'으로 작용이 되는 모양이다.

어느 정도 취기가 올라오면서부터는 그의 내부에서 외단과 내단이 무슨 조화를 부려내기 시작하는 걸까? 술을 계속 마셔도 더 이상은 취하기가 어려워지는 것이다. 마치 일정 정도 이상의 술기운은 저절로 중화가 되는 느낌이랄까?

이번에야말로

맞은편에서 젊은 여자 하나가 비틀거리며 걸어오고 있는 걸 보면서 김강한은 설핏 실소하고 만다. 서로 모르는 젊은 남녀가 함께 비틀거리면서 마주치는 상황이 재미있다는 생각이 들어서이다.

그러나 그는 짐짓 시선을 돌린다. 갈지자(之)가 제법 리드미컬한 것으로 보아 여자는 크게 만취한 것 같은데, 빤히 시선을 주는 건 서로 민망하지 않겠는가? 그냥 우연인 채로 지나쳐 가면 될 일이다.

그런데 그가 여자와 교차하며 막 지나쳤을 때다. 위태로워 보이던 여자가 갑자기 크게 휘청하더니 길가 조명 꺼진 입간판 뒤쪽의 커다란 쓰레기 더미 위로 풀썩 쓰러진다.

"어, 어?"

김강한이 놀란 시늉을 하지만, 냉큼 달려갈 생각으로까지 되지는 않는다. 그 역시도 스스로 원해서 취했듯이 저 여자 또한 자기가 취하고 싶어서 취했을 것이 아닌가? 그렇다면 취중에 벌어지는 일도 자기가 알아서 대처하면 될 터이다.

더욱이 그로서는 그리 오래지도 않은 얼마 전에 이런 비슷한 상황에 괜히 끼어들었다가 결코 간단치 않은 우여곡절을 겪은 바도 있지 않은가?

'이럴 땐 그냥 모른 체 가는 게 현명한 거다. 괜한 일에 끼어들어서 좋을 건 하나도 없다.'

그는 이번에야말로 스스로의 경험칙을 따르기로 한다. 별 고민 없이.

눈 똑바로 뜨고 다녀라!

김강한이 여자를 지나쳐 대여섯 걸음쯤을 걷고 있을 때다. 다시 맞은편에서 네다섯 명쯤의 사내가 급해 보이는 걸음으로 오고 있다.

"아직 멀리 못 갔을 테니까 샅샅이 훑어!"

사내들 중 누군가의 나직한 지시와 함께 그들은 길가에 주차된 차량들 사이와 가게들 앞에 세워진 입간판 뒤쪽 등등 구석진 곳들을 일일이 확인하면서 오고 있다.

사내들이 제법 심각한 분위기로 보이지만, 김강한은 비틀걸음을 굳이 멈추지는 않는다. 심각한 건 어디까지나 그들의 문제일 뿐이고, 그는 지금의 비틀거림으로 누리고 있는 취한 기분을 방해받기 싫은 까닭이다.

툭!

마주 지나가던 중에 사내 중의 하나와 김강한의 어깨가 가볍게 부딪친다. 상대편의 사내가 대번에 눈을 부라리며 입 모양을 만든다.

'눈 똑바로 뜨고 다녀라! 확 그냥!'

그런 정도의 표시일 텐데 김강한은 그저 멀뚱히 마주 본다. 만약에 거기서 사내가 한마디 욕설이라도 더 뱉는다면 그대로 귀싸대기를 올려붙이리라고 생각하면서.

사내는 바닥에다 침을 한번 찍 뱉고는 다시금 자신 본연의 임무로 돌아가 길가 구석진 곳으로 주의를 옮겨간다.

"여기 있다! 찾았다!"

사내들 중의 하나가 외친다.

그런데 아까의 그 조명 꺼진 입간판 뒤쪽의 커다란 쓰레기 더미 근처에서다.

바로 그때 그 싸가지!

사내 둘이 양쪽에서 여자를 떠받치다시피 끌며 빠른 걸음으로 되돌아오고 있다.

여자가 허우적거린다. 그것이 반항의 몸짓인지, 그냥 만취한 탓의 의미 없는 몸짓에 불과한지는 애매하지만 김강한의 마음이 조금 불편해진다. 그러나 그 불편함이 그로 하여금 상황에 개입하도록 만들 만큼은 아니다.

어쨌든 그와는 상관없는 일이다. 또 사정을 알고 보면 그럴 만한 까닭이 있을 수도 있다. 더하여 여자가 저처럼 몸도 못 가눌 만큼 취한 것에도 스스로 책임져야 할 부분이 있다고 할 것이다.

그런데 사내들이 이윽고 김강한을 지나쳐 갈 때다. 짐짝처럼 끌려가던 여자가 뭐라고 중얼거린다. 아주 희미한 목소리다. 그런데 그 힘없는 목소리가 왜 이리 선명하게 들리는지.

"도와… 주세요."

게다가 이게 왜 언뜻 귀에 익숙한 느낌인지. 김강한은 지금 그 스스로가 개입할 핑곗거리를 만드는 게 아닌지 설핏 자신을 의심해 보면서도 비틀거리는 체하며 슬쩍 몸을 한쪽으로 쏠리게 하여 힐끗 여자를 살펴본다. 그리고 여자의 얼굴을 확인하는 순간, 그는 저도 모르게 투덜거림을 뱉고 만다.

"이런… 제길!"

그녀다. 바로 그때 그 싸가지.

어디서 함부로 욕을 하고 지랄이야?

"비켜, 새꺄!"

싸가지를 잡고 있던 사내들 중의 하나가 날카롭게 뱉는다. 아까 그자다. 그와 어깨를 부딪치고는 흰자위를 희번덕거리던 자. 만약 한마디 욕설이라도 더 뱉는다면 귀싸대기를 올려붙여 주려고 한 자.

순간 김강한의 주먹이 날아가 사내의 관자놀이에 틀어박힌다. 귀싸대기 대신이다.

퍽!

얌전히 주저앉는 사내의 머리 위로 김강한이 나직이 한마디를 얹어준다.

"어디서 함부로 욕을 하고 지랄이야?"

뜻밖의 상황에 흠칫 굳은 곁의 사내가 그제야 크게 외치며 싸가지를 내버려 둔 채로 김강한에게 덤벼든다.

"새끼! 너, 뭐야?"

그러나 사내 역시 김강한의 오른 주먹 한 방에 비명도 지르지 못하고 그대로 고꾸라진다. 뒤이어 조금 떨어져 있던 나머지 사내 셋이 김강한에게로 달려온다. 그러나 김강한은 좌우로 반 바퀴씩 번갈아서 몸통을 회전시키는 중에 주먹과 팔꿈치로 사내들의 관자놀이와 명치를 쳐서 간단히 주저앉힌다.

그야말로 찰나의 일이다. 먼저 쓰러진 둘을 비롯해 사내들은 고통에 겨워하며 일어서지를 못한다.

무거워 죽겠다!

"쯧!"

김강한이 가볍게 혀를 차며 땅바닥에 주저앉아 있는 싸가지를 일으켜 세운다. 그러나 그녀는 다리가 완전히 풀려 버렸는지 다시 주저앉으려 한다.

"제기랄!"

김강한이 습관처럼 투덜거림을 뱉고는 싸가지를 들쳐 업는다. 순간 여러 느낌이 동시에 일어난다. 우선은 생각보다 가볍다. 늘씬한 키에다 사뭇 글래머형이어서 제법 몸무게가 나갈 줄 알았는데 의외로 가볍다.

다음으로는 등에 와 닿는 봉긋한 가슴의 느낌이 묘하다. 야릇하기보다는 따뜻하다. 야릇한 건 오히려 손바닥이다. 자꾸만 늘어지기에 어쩔 수 없이 그녀의 힙을 떠받친 양 손바닥.

"야, 내 목이라도 좀 잡든가 해봐라! 무거워 죽겠다!"

그가 버럭 짜증을 부린다. 싸가지가 정신을 못 차리는 중에도 움찔하더니 힘겹게 겨우 양팔을 뻗어서 그의 목에다 두른다.

넌 어째 맨날 이 꼴이냐?

김강한이 싸가지를 업은 채로 호텔로 들어서자 프런트를 지키고 있던 남자 직원이 묘한 웃음으로 맞는다. 김강한은 애매하게 마주 웃어주고는 엘리베이터로 향한다.

객실로 들어와 싸가지를 던지듯이 침대에 내려놓는데, 싸가지는 몸을 한 번 뒤챘을 뿐 두 눈을 꼭 감고 있다. 상태가 예전 그때랑 비슷하다는 데서 김강한은 잔뜩 인상을 그린다.

짝!

김강한이 가볍게 뺨을 때리자 싸가지가 겨우 두 눈을 뜬다.

"너 또 약 먹었냐? 근데 넌 어째 맨날 이 꼴이냐? 칠칠치 못하게?"

김강한의 그 말에는 싸가지가 설핏 정신이 드는 모양이다.

"당신은……?"

하더니 갑자기 목소리가 다급하게 변한다.

"가요! 가! 빨리 가!"

김강한으로서는 어이없는 노릇이다.

"기껏 구해줬더니……. 그리고 지금 누구보고 가라는 거야? 여긴 내가 돈 내고 잡은 내 방이야. 가려면 니가 가야지 왜 나보고 가래?"

그랬더니 싸가지는 숫제 사정 조로 변한다.

"제발 가! 가버리라고!"

그런 데야 김강한도 기분이 떨떠름해진다.

"에이씨! 그냥 모른 체하고 지나쳤어야 하는 건데… 한 번도

아니고 두 번씩이나 바보짓을 한 내가 잘못이다! 그래, 간다,
가! 갈 테니까 앞으로 다시는 이런 꼴 보이지 말고 부디 잘 먹
고 잘 살아라!"

김강한은 정말로 오만정이 다 떨어져 차갑게 돌아서고 만
다.

결론은 결국 지난번과 똑같다

막 객실을 나서려다가 김강한은 멈칫 서고 만다.

"저… 좀… 도와…주세요."

등 뒤에서 들리는 겨우 쥐어짜 내는 목소리 때문이다. 돌아
보니 싸가지의 얼굴이 타는 듯이 붉어져 있다. 게다가 입술을
깨물었는지 피가 터져 흥건히 턱선을 타고 흘러내리고 있는
모습은 사뭇 처절하기까지 하다.

김강한은 직감한다. 지금 싸가지가 절실하게 필요로 하는
것이 무엇인지.

사실은 지난번의 경험이 있으니 그는 진작부터 인지하고 있
던 중이다. 다만 싸가지가 직접 도움(?)을 청하고 있다는 점에
서는 지난번과 다르다고 하겠지만, 어쨌거나 그가 내린 결론
은 결국 지난번과 똑같다.

'모르겠다! 여기서 빼면 남자가 아니다!'

두 번째까지 그렇게 당하고 싶지는 않다

"아아……!"

싸가지는 괴로운 듯이 답답한 신음 소리를 토해낸다. 참을 수 없는 욕정과 그 욕정에 맞서 저항하려는 치열한 갈등이다.

그러더니 그녀는 이윽고 두 팔을 뻗어서 와락 김강한의 목을 휘감아 거칠게 잡아당긴다. 그러고는 얼굴을 마구 빨아낸다.

김강한은 일단 그녀를 떼어낸다. 지난번에는 멋모르고 당했지만(?), 두 번째까지 그렇게 당하고 싶지는 않다.

"이름이 뭐야?"

지금 상황에서 그런 물음이 어울리지 않겠지만, 그녀의 흥분을 조금쯤이라도 늦추려는 노력이다.

"진… 초… 희……."

"진초희?"

"응. 당신… 은?"

"난… 김강한."

"김… 강… 한……."

웅얼거리더니 진초희는 이내 호흡이 거칠어진다.

"후읍!"

"후우읍!"

그녀의 뜨거운 숨결이 그의 얼굴과 목에 마구 부딪쳐 온다.

"아니야! 서두르지 말고… 천천히… 천천히……!"

김강한이 부드럽게 그녀를 안아주며 달랜다. 스스로 언뜻 생각하기에 그는 마치 이런 방면의 프로가 된 듯하다.

합일

둘은 완전한 나신으로 화한다. 눈부시도록 풍염한 여체가 김강한의 두 눈 가득히 들어찬다. 환상적이다. 그의 내부에서 불끈 욕망이 치솟으며 이내 극도로 고조된다.

진초희의 꼭 감긴 눈꺼풀이 마구 떨린다. 흥분이 도저히 참을 수 없는 지경으로 치달은 모양새다.

애타게 매달리는 그녀를 그가 힘껏 안는다. 그리고 마침내 둘은 합일을 이룬다.

"으음!"

"아아!"

두 사람에게서 동시에 열락에 들뜬 신음 소리가 터져 나온다.

제어

김강한의 뜨거운 뇌리 속으로 점점이 떠오르는 게 있다. 노골적인 성애 장면이 묘사된 그림들, 그리고 그림 속 남녀의 몸에 이리저리 복잡하게 그어진 선들. 바로 천락비결이다.

그림은 마치 살아 있는 듯이 생생하다. 아니, 정말로 살아 있다. 그림 속의 남녀는 바로 그와 진초희다.

그와 그녀의 몸에 이리저리 선이 그어진다. 무수히 많은 선이 복잡하게 얽힌다. 그러더니 선들은 서서히 살아나서 꿈틀대며 움직이기 시작한다. 이윽고는 유려하게 춤을 추기 시작한다. 천락비결이 운기되고 있다. 저절로.

김강한은 문득 묘한 상태로 된다. 온몸이 홍분의 불길로 활활 타오르고 있는 중에 그의 마음은 오히려 깊숙이 가라앉는 것 같다. 이어 그는 왠지 스스로의 의지로 그 불길을 제어할 수 있을 것 같다. 나아가 진초희의 불길까지도.

그는 진초희를 이끌고 있다. 그녀는 그의 리드에 따라 쾌락의 능선을 넘는다. 넘고 또 넘는다. 몇 번이 지나고 나서는 힘에 겨워하는 그녀를 그는 점점 더 능숙하게 이끌고 간다. 그런 중에 그 또한 지극한 쾌락을 경험한다.

충실과 확장

김강한은 느끼고 있다. 내단과 외단이 유유히 교류하는 것을.

그의 내부에 활력이 가득해지고 있다. 가느다란 실핏줄까지 온통 활력으로 가득 차는 듯하다.

내단이 충실해지고 있는 느낌이 확연하다.
외단은 더욱 확장되는 느낌이다.
그런 중에 그는 담담하다.
그리고 편안하다.

제4장
—
독한 자의 이름

무슨 수를 써서라도

"야! 이 개새끼야!"

울화가 가득 담긴 욕설과 함께 최도준의 주먹이 윤 팀장의 턱에 작렬한다.

"악!"

창졸간에 비명을 지르며 윤 팀장은 그대로 바닥으로 나가떨어진다.

"이 새끼 요즘 보면 사람 엿 먹이려고 아주 작정을 한 것 같아? 너, 의도적으로 나 엿 먹이는 거 맞지? 그런 거지? 좋아!

내가 오늘 너 죽여 버린다!"

최도준이 발작이라도 하듯이 고래고래 소리를 지르고는 구 둣발로 쓰러진 윤 팀장의 몸을 마구 짓밟기 시작한다.

"죽어라! 죽어, 새끼야!"

윤 팀장의 얼굴이 이내 피투성이로 변한다. 그러나 최도준 은 폭주를 멈추지 않는다. 윤 팀장은 본능이다시피 두 손으로 머리를 감싸고 몸을 새우처럼 만다. 이렇게 맞다가는 죽을 수 도 있겠다는 공포가 엄습한다. 일단 광기가 발동된 최도준이 얼마나 잔혹해질 수 있는지는 누구보다도 그가 잘 안다. 그러 나 최도준의 구둣발은 그의 빈 옆구리를 집요하게 파고든다.

얼마간을 그렇게 했을까? 제풀에 지쳤는지 최도준이 구타 를 멈춘다.

"헉! 헉!"

거친 숨을 잠시 고른 뒤 그가 차갑게 소리친다.

"무슨 수를 써서라도 그 여자 당장 내 앞에 데리고 와! 만 약 이번에도 못 데리고 오면 내 손으로 직접 널 묻어버린다! 가, 새끼야! 빨리 안 가고 뭘 뭉개고 있어?"

윤 팀장이 무릎걸음으로 기어서 겨우 그 자리를 벗어난다.

나중의 일

윤 팀장은 가능한 모든 수단을 다 동원해서 진초희의 행적을 추적한다. 물론 그 '가능함'은 최도준의 위력과 배경에서 비롯되는 것이다.

아울러 그 수단 중에는 나중의 뒷수습이 만만치 않은 것도 제법 포함되어 있다. 그러나 그건 어디까지나 나중의 일이다. 지금은 그런 것까지 따질 형편이 아니다.

마침내 진초희의 행방을 찾았다는 보고가 들어온다.

P호텔 521호.

그런데 진초희는 어떤 사내와 함께 있다고 한다. 윤 팀장의 머릿속이 잠깐 복잡해진다. 그녀가 어떤 상태에 있다는 건 그가 가장 확실하게 아는 바이니 지금쯤 그 두 남녀 사이에 이미 무슨 일이 벌어졌으리라는 것 또한 확실한 노릇이다. 그리고 이 사실을 보고받는 순간 최도준은 다시 폭주할 것인데, 그가 다시 무슨 일을 저지를지는 상상하기 어렵다.

그러나 그것 역시 나중의 일이다. 지금 당장 그가 진력해야 할 일은 어쨌든 그녀를 최도준 앞에 데려가는 것이다.

아예 지나친 편이 낫다

윤 팀장은 우선 몇 군데에다 전화를 돌린다.

역시 '나중의 뒷수습이 만만치 않은' 수단에 속하는 것들로, P호텔에서 한바탕의 소란이 벌어지더라도 경찰 신고가 최대한 지연되도록, 또 경찰이 개입하더라도 단순 소란 정도로 가볍게 무마되도록 하는 따위의 사전 조치들이다.

그리고 그는 최종적으로 한 통의 전화를 더 한다.

"윤 팀장입니다. P호텔 521호로 가세요. 필요한 사전 조치
는 취해놓았으니 거기 있는 여자 하나와 남자 하나, 가능한
최단시간 내에 이쪽으로 데리고 오세요. 아, 남자는 어떻게 되
어도 상관없지만, 여자는 다치지 않도록 조심하세요."

"알겠습니다."

간단히 대답하고 전화를 끊는 자는 강남의 신흥 조폭 조직
인 유성파의 행동대장이다.

이번 일에는 유성파의 조직원 삼십여 명이 대거 동원된다.
그 숫자는 유성파의 일선에서 활동하는 현역 조직원의 전부
이다. 유성파의 보스가 '무슨 전쟁을 할 것도 아닌데 그럴 필
요까지 있겠냐?'고 의아해했듯이 그가 생각하기에도 그런 정
도의 인원 동원은 지나치다.

그러나 또다시 어떤 문제가 생기는 것보다는 아예 지나친
편이 낫다.

다만 그는 일선에 나서지 않는다. 얼굴이 엉망인 까닭도 있
지만, 지금의 그에게 그럴 열성(熱誠)까지는 생기지 않아서이
다.

동질감

몇 차례의 뜨거운 폭풍이 지나간 후, 두 사람은 죽은 듯이 누워 있다. 사실은 둘 다 이미 깨어 있지만, 누구도 먼저 깬 표시를 내지 못하고 있다.

똑같은 상황이 두 번씩이나 반복되었다는 데 대해 진초희는 이것이 지독한 악연이거나, 혹은 피할 수 없는 어떤 숙명 같다는 느낌마저 가져본다.

그리고 지금 그녀의 곁에 누워 있는 사내에 대해서도 묘한 느낌이 생겨난다.

어떤 동질감 같은 거랄까?

그것은 도무지 이해하기 어렵지만, 그녀와 그가 알 수 없는 무언가를 함께 나누어 가지고 있는 듯한 느낌이다.

혹은 지금이 아니더라도 과거 어느 때에는 그 무언가를 함께 나누어 가지고 있던 듯한 그런 느낌이다.

문 열어!

객실 바깥 복도에 갑작스러운 소란이 일어난 것 같다. 나직하면서도 거친 웅성거림과 분주하면서도 촉박한 발걸음 소리가 들리고 있다.

그것을 핑계라도 삼듯이 김강한과 진초희는 비로소 정적을 깬다. 그렇더라도 둘은 벌거벗은 몸을 서로에게 드러내며 침대에서 일어날 엄두까지는 내보지 못하는데, 그때다.

쾅쾅!

누군가 객실의 문을 세게 두드린 데 이어 거칠게 소리친다.

"문 열어!"

그 소리에 담긴 명백한 위압에 두 사람은 비로소 벌떡 몸을 일으킨다. 그리고 여전히 서로에게는 감히 시선을 두지 못한 채로 급하게 각자의 옷을 찾아서 꿰어 입는다.

협박받아야 할 이유

김강한이 거실 벽에 설치된 비디오 폰을 켜자 바깥의 풍경이 보이는데, 거구의 덩치 여럿이 화면을 가득 채우고 있다.

"당신들 누구요?"

김강한이 묻자 곧장 사내 하나가 험상궂은 얼굴을 화면 가득 들이밀며 위협적인 투로 받는다.

"문 열라니까! 안 열면 부수고 들어간다!"

"당신들이 누군데 함부로 문을 열래? 경찰 부를 거요!"

김강한이 경찰을 들먹여 본다. 정말로 그럴 마음은 없지만. 그러자 화면에 다른 사내의 모습이 불쑥 나타난다. 양손을 결박당한 채로 얼굴이 온통 피투성이인 사내다.

"허튼짓하지 마라! 이놈 죽는 꼴 보지 않으려면!"

잭나이프 한 자루가 피투성이 사내의 목젖에 겨누어진다.

김강한이 설핏 의아하다. 그가 협박받아야 할 이유가 전혀 없는 낯선 얼굴인 까닭이다. 그런데 그때다. 한 걸음 뒤에서 지켜보고 있던 진초희가 화들짝 놀라 다가들며 다급하게 외친다.

"중산이에요!"

"중산?"

"어서 문 열어요! 그를 다치게 해서는 안 돼요!"

김강한이 잠깐 당혹스럽다. 그러나 곧 가볍게 고개를 끄덕이고는 그녀 뒤쪽의 벽을 가리키며 차분하게 말한다.

"알았으니까, 저기 기둥 보이지? 뒤로 가서 꼼짝 말고 서 있어."

그의 덤덤하기까지 해 보이는 모습에 대해 진초희는 설핏 의구심과 불안을 보이는 기색이다. 그러나 그녀는 이내 순순하게 김강한이 가리킨 기둥 쪽으로 간다.

난투

김강한이 천천히 객실 문으로 다가서서 잠금장치를 푸는 동시에 문을 박찬다.

쾅!

그 돌연하고 맹렬한 충격에 문밖에 서 있던 덩치 몇이 뒤로 튕겨 나가는 중에 김강한이 바람처럼 따라붙으며 펀치를 날린다.

퍽!

퍼억!

사내 셋이 속수무책으로 고꾸라진다. 그사이에 김강한이 피투성이 사내, 중산의 어깨를 낚아채서는 다시 객실 안으로 되돌아간다. 그러나 이내 당황을 수습한 덩치들이 우르르 덮쳐드는 데는 다시 문을 닫을 틈까지는 없어서 김강한이 일단 중산을 진초희가 있는 쪽으로 강하게 밀치고는 다시 몸을 돌려 덩치들과 마주쳐 간다. 앞장선 사내가 잭나이프를 찔러드는 것을 김강한이 그 칼 든 손목을 슬쩍 밀치고는 기세를 계속 이어 손끝으로 놈의 목젖을 찔러 버린다.

"컥!"

숨통 막히는 비명을 토하며 놈이 무너질 때, 김강한은 성큼 큰 걸음으로 나아간다. 그리고 뒤쪽에 선 덩치 하나의 명치를 한주먹으로 지르고 다시 그 옆의 다른 덩치의 관자놀이에 펀치를 틀어박는다.

"헉!"

"큭!"

다급하고 고통스러운 비명이 동시이다시피 터져 나온다. 김강한이 문을 박차고 나와 사내 셋을 고꾸라뜨리고, 그 틈에 중산을 안으로 끌어들이고, 다시 덮쳐드는 덩치 셋을 무너뜨리기까지는 그야말로 순식간의 일이다. 그의 폭발적인 무력에 객실 안으로 밀고 들어오던 다른 사내들이 일시 멈칫거릴 때다. 다시 그 뒤쪽의 이 선(二 線)에서 서슬 시퍼런 회칼을 든 사내 셋이 앞으로 치고 나온다. 그러나 김강한은 이번에도 뒤로 물러서기보다는 앞으로 마주쳐 나간다. 칼 든 손목 하나를 간단히 꺾어 제압하고, 그자의 몸에 밀착하여 방패를 삼은 채로 그의 팔꿈치와 무릎이 좁은 공간을 날카롭게 끊어 치고 들어박는다.

"악!"

"커억!"

"윽!"

칼 든 자 셋이 잇달아 고꾸라지고 나뒹구는 중에 김강한이 바닥에 떨어진 칼 한 자루를 발로 차서 중산이 있는 쪽으로 보낸다. 그새 진초희에 의해 결박이 풀린 중산이 재빨리 칼을 주워 든다. 그런데 그 순간이다.

치익!

치이익!

객실 안으로 뿌연 분말이 분사된다. 놈들이 소화기 몇 대를 한꺼번에 분사한 것이다. 이내 실내가 뿌옇게 흐려지는데 그 틈을 노려 대여섯 놈이 쇠파이프며 칼 등을 마구 휘두르며 객실 안으로 난입해 들어온다. 김강한이 선두에 선 놈의 국부를 짧게 차올리고는 비명도 지르지 못하고 고꾸라지는 놈에게서 재빨리 쇠파이프를 빼앗아 든다. 그러고는 어림짐작으로 진초희와 중산의 몇 걸음 앞쯤으로 옮겨 가며 쇠파이프를 휘두른다.

붕!

부웅!

시야가 보이지 않는 중에 쇠파이프가 내는 맹렬한 바람 소리에 놈들은 지레 질리며 감히 가까이로 다가설 엄두를 내지 못하는 모습이다. 그러나 그때다.

"아악!"

돌연히 날카로운 비명성이 터진다. 진초희다. 김강한이 반사적으로 돌아보니 이제 막 시야가 걷히기 시작하는 중에 언제 거기까지 갔는지 칼 든 덩치 하나가 바로 가까이에서 진초희의 한쪽 팔을 틀어잡고 있는 중이다. 그런데 다시 그때다. 중산이 놈에게로 몸을 던지며 맨손인 왼손으로 놈의 칼을 붙잡고 동시에 오른손의 칼로 놈의 옆구리를 찔러 버린다.

"크억!"

다급한 비명을 토하며 놈이 바닥으로 주저앉는데, 중산은 놈의 옆구리에 깊숙이 꽂힌 칼을 버려둔 채로 진초희의 앞에 우뚝 버티고 선다. 그런 그의 왼 손바닥에서 굵게 방울진 피가 뚝뚝 바닥으로 떨어져 내리고 있다.

재회 쌍피

객실 문을 사이에 두고 대치한 채로 김강한과 사내들은 잠시간의 소강상태를 이루는 중이다.

놈들의 수가 생각보다 많다. 문 앞은 물론이고 아예 복도를 가득 채우고 있다. 대강 판단해 보건대 거의 삼십쯤은 되는 것 같다.

김강한은 사내들의 봉쇄를 뚫고 나가는 것도 생각해 본다. 그러나 그 혼자라면 또 모를까, 몸이 온전치 못한 중산과 진초희를 데리고는 도저히 가능하지가 않다. 그가 난감해하는 중인데, 복도 끝 쪽에서 갑작스럽게 소란이 일어난다. 날카로운 고함 소리와 함께 치고받는 한바탕의 난투가 벌어지는 것 같더니 이내 복도를 장악하고 있는 자들이 밀리는 분위기다.

김강한이 재빨리 객실 밖으로 나서며 복도의 상황을 파악하는데, 복도의 왼쪽 끝에서 일단의 새로운 무리가 맹렬한 기세로 기존의 사내들을 몰아붙이며 이쪽으로 접근해 오고 있다.

그들 새로운 무리는 십여 명에 불과하지만, 하나같이 눈에 띌 만큼의 민첩하고도 맹렬한 움직임으로 삼십 여에 이르는 기존의 무리를 오히려 압도하고 있다. 그중에서도 특히나 도드라지는 인물이 하나 있다. 그런데 뜻밖에도 김강한이 아는 얼굴이다. 바로 쌍피다.

쌍피의 깡마르고 단단한 몸은 거의 날아다니는 듯한 착각이 들 정도로 빠르다. 김강한이 쌍피와 맞붙어본 적이 있지만, 지금 그의 싸움 장면을 보고 있자니 그 현란하리만치 빠르고 날카로운 몸놀림에 절로 감탄이 나온다.

판세가 갈리는 데는 그리 오래 걸리지 않는다. 복도 오른편의 비상계단 쪽으로 밀리던 기존의 무리가 이윽고 일제히 달아나기 시작하고, 그 뒤를 쌍피와 함께 온 무리가 기세 좋게 쫓아 내려간다.

따를 수밖에 없는 노릇

"일단 여기서 나가시죠!"

쌍피가 불쑥 권한 데 대해 김강한은 설핏 인상부터 쓰고 만다. 어떻게 된 일인지에 대해 물어볼 틈조차 주지 않는 데 대해서다.

그러나 어쨌든 쌍피의 말대로 따르기는 해야 할 것 같다. 그처럼 요란하게 소동을 벌였으니 이제 곧 경찰이 들이닥칠 텐데, 괜히 남아서 이런저런 번거로움을 자청하고 싶은 생각은 조금도 없으니까.

"지하 주차장에 차 대기시켜 놓았습니다!"

쌍피가 복도 왼편의 엘리베이터 쪽을 향해 앞장선다. 그의 그런 모습에서는 지금의 사태에 대해 사전에 미리 대비를 해 놓았다는 느낌이 새삼 들기에 김강한은 영 찜찜한 기분이다. 그러나 역시 지금으로선 따를 수밖에 없는 노릇이다.

김강한의 눈짓을 받은 중산과 진초희가 얼른 그의 곁으로 붙어 선다.

죽은 자의 명함

엘리베이터 안에서 시선을 마주치자 진초희는 새삼 어색한 지 슬그머니 벽을 향해 돌아선다. 김강한 역시도 어색하고 서 먹하긴 마찬가지다. 두 번씩이나 몸을 섞은 사이지만, 그 두 번이 다 서로가 원해서이거나 정상적인(?) 상황이 아니었으니 그럴 수밖에 없는 노릇이다.

조금쯤은 묘한 느낌의 눈빛으로 김강한과 진초희를 지켜보 고 있던 중산이 문득 김강한을 향해 정중히 허리를 숙인다.

"인사가 늦었습니다. 저는 중산이라고 합니다. 저희 아가씨 를 보호해 주신 데 대해 어떻게 감사를 드려야 할지 모르겠습 니다."

중산의 발음이 조금쯤 딱딱하면서도 어눌하다는 느낌을 받 으면서 김강한은 굳이 말로 할 것 없이 가볍게 고개를 가로저 어 보이는 것으로 겸양을 표한다.

중산이 다시 고개를 숙인다.

"오늘은 사정이 여의치 않지만, 다음에 언제라도 기회가 된 다면 꼭 감사를 표시하고 싶습니다. 연락처를 좀 부탁드려도 되겠습니까?"

중산의 태도가 워낙 정중하고도 공손한 데다 어눌한 발음 때문인지 단어 하나하나를 분명하게 전달하려고 애를 쓰는 기색이다. 그런 때문에라도 김강한이 간단히 거절하기는 곤란한 심정이 되는데, 그러나 주려고 해도 줄 연락처가 없다. 명함이 있는 것도 아니고 휴대폰조차 없는 처지이니 말이다.

그때다. 표시나지 않게 눈치를 보고 있던 쌍피가 슬쩍 김강한의 옆으로 붙어 선다. 그러더니 그의 손에다 뭔가를 쥐어주는데, 김강한이 얼떨결에 받고 보니 엉뚱하게도 명함 한 장이다.

[서해 개발 대표 조상태]

'이게 뭐야?'

난데없고도 뜨악하다. 다른 건 제쳐두고라도 조상태라니? 그 이름이 찍힌 명함을 왜 그에게 건넨단 말인가? 죽은 자의 명함을 말이다.

가볍게 해본 짓

김강한이 한편으로는 괜스레 쭈뼛한 느낌이기도 하다. 사실 그는 며칠 전 이 호텔에 체크인을 할 때 조상태의 이름을 쓴 것이다.

물론 그가 조상태의 이름을 쓴 것에 무슨 별다른 계산이 있어서는 아니다. 그냥 요즘의 그에게 김강한이란 이름이 어울리지 않는다는 생각에서 가볍게 해본 짓이다. 김강한은 하루하루를 힘겹게 버텨 나가는 고뇌의 이름이지, 요즘처럼 거칠 것 없이 막가는 인생을 사는 사람의 이름이 아닌 것이다. 그리고 하필 그때 생각난 것이 조상태다. 막가는 인생이라면 차라리 '독한 놈' 조상태가 더욱 어울리겠다 싶은, 또 어차피 주인 잃은 이름이니 그가 잠깐 빌려 쓴다고 해서 안 될 것이 있으랴 하는 가벼운 충동.

그런데 쌍피가 그에게 불쑥 조상태의 명함을 건네는 것에서는 혹시 저들이 그간 그를 쭉 지켜보면서 그런 것까지를 다 파악하였고, 나아가 이렇게 명함까지 만든 것이 아닌가 하는 생각을 해보지 않을 수 없게 된다.

그러나 어쨌든 간에 지금 당장 그런 사정까지를 따져볼 계제는 또 아닐 것이기에 김강한은 짐짓 무덤덤한 체 중산에게 명함을 건넨다.

중산이 공손하게 두 손으로 받고는 다시 한번 깍듯하게 고개를 숙인다. 그런 모습에 김강한이 설핏 뒤늦은 갈등이 생기기도 하지만, 이미 준 걸 다시 뺏을 수도 없는 노릇이다. 더욱이 엘리베이터의 문이 열리고 있는 중이다.

제5장
—
만능열쇠

더 털어볼 것까지는 없다.

지하 주차장 한쪽에 삼십여 명의 사내가 무릎을 꿇고 있다. 객실을 습격한 자들이다.

쌍피와 한편인 무리가 그들을 쥐 잡듯 하고 있는데, 그 숫자가 이십여 명으로 늘어나 있다. 아마도 일부를 지하 주차장에 대기시켜 둔 모양이다.

무리에게 무언가 지시를 하고 돌아오는 쌍피에게 김강한이 묻는다.

"뭐 하는 놈들이래?"

그리고 보니 김강한이 쌍피에게는 처음으로 건네는 말인 것 같은데, 불쑥 뱉고 보니 반말이다. 뒤늦게 설핏 당황스럽다. 그러나 경황이 없는 중이라 그의 말투에 대해서는 미처 신경 쓰지 못한 걸까?

"유성파라고… 제법 규모가 있는 조폭 조직입니다."

쌍피는 여전히 깍듯한 존대다. 그런 상황이 조금은 어색하기도 해서 김강한이 힐끗 진초희 쪽으로 시선을 주며 다시 묻는다.

"조폭들이 왜……?"

"최도준이라는 자가 의뢰를 했답니다."

"최도준?"

김강한이 다시금 힐끗 진초희 쪽을 봤지만, 그녀는 여전히 별 반응이랄 게 없다.

"행동대장이라는 자의 말로는 정권 실세의 아들이라는데, 자세히는 잘 모르는 눈치입니다. 좀 더 털어볼까요?"

김강한이 한 번 더 진초희 쪽을 돌아보고는 시큰둥한 얼굴로 고개를 가로젓는다. '더 털어볼' 것까지는 없다. 진초희 쪽에서 무슨 반응이 있지도 않은데, 그가 더 이상 개입할 까닭은 없다. 물론 저쪽에서 다시 그를 건드린다면 그때는 얘기가 달라지겠지만. 그러나 그거야 그때 가서 다시 볼 일이다.

"차 준비해!"

쌍피가 지시하자 곧바로 승용차 두 대와 승합차 한 대가 그들 앞으로 와서 선다. 쌍피가 먼저 중산과 진소희에게 승용차한 대에 타기를 권한다.

"가시는 곳까지 모셔다 드리겠습니다."

그 말은 진소희와 중산을 안전한 곳까지 보호해 주겠다는 뜻이겠기에 김강한이 굳이 나설 이유 없이 지켜본다.

중산이 다시 허리를 숙인다. 김강한을 향해 한 번, 그리고 다시 쌍피를 향해서 한 번.

쌍피가 얼른 옆으로 비켜서는 중에 진초희가 김강한을 본다. 그리고 김강한과 시선이 마주치자 가만히 고개를 숙인다. 김강한이 짐짓 무덤덤한 체하며 가볍게 까딱하는 것으로 답례한다.

진초희와 중산이 탄 승용차가 빠르게 지하 주차장을 빠져나간다.

과연 이 사내가 그때의 그 쌍피가 맞나?

김강한은 쌍피가 운전하는 승용차에 타고 있다. 굳이 모시겠다며 뒷좌석의 문까지 열어주는 성의에 못 이기는 체 탔다. 사실 당장에는 딱히 갈 곳도 없으니 차를 얻어 타고 가면서 생각을 해보자는 작정이다.

"조상태는 실장 아니었어?"

김강한이 불쑥 묻는다. 뜬금없기도 하지만 여지없이 반말이다. 아까부터 그랬지만 의도하고 하는 건 아니다. 그런데 묘하다. 이제는 별로 어색하지도 않고 오히려 자연스러워져 버렸다는 점에서. 적어도 김강한 자신은 그렇다.

그런데 쌍피도 여전히 어떤 반발이 있는 것 같지 않다. 한없이 날카롭고 냉혹할 것 같은 이 사내는 그런 데에 대해서는 여전히 아무런 반감도 없다는 듯이 역시나 사뭇 수월하고도 자연스럽게 받아들이는 모습이다.

"저는 잘 모릅니다. 아까 그 명함은 고문님께서 지시하신 대로 만든 겁니다."

"고문님? 그건 또 누구야?"

"이철진 전 대표님의 새 직책입니다."

김강한이 가볍게 실소한다. 어차피 자기 건데 대표나 고문이나 무슨 차이가 있나 싶어서다. 하긴 자기 거니까 마음대로 해도 된다는 것일 터이다.

"근데 죽은 사람 이름으로 명함을 찍은 건 또 뭐야? 더욱이 대표 직함까지 달아서."

김강한의 그 물음에는 쌍피가 생각을 정리하는 듯이 잠깐의 틈을 두고 나서 대답한다.

"제가 고문님 의중을 알 순 없지만… 고문님께서 성함을 모르시니까… 얼마 전부터 호텔에 체크인하실 때 조상태란 이름을 쓰시는 걸 보고 아마… 그렇게 하신 것 같습니다."

김강한으로서는 요령부득의 말이다. 그의 이름을 몰라서

그랬다? 그럼 애초에 그에게 주려고 명함을 만들었다는 건가? 왜?

어쨌거나 분명해진 것은 그가 이미 짐작해 본 바대로 저들은 그가 호텔에 조상태의 이름으로 체크인한 사실까지를 꿰고 있었다는 점이다.

"그러니까 줄곧 내 뒤를 따라다녔다는 거지?"

김강한이 인상을 그리며 흘깃 노려보자 쌍피의 무표정한 얼굴에 설핏 당황이 떠오른다.

"그게… 전 잘 모르겠습니다."

"몰라? 아니……."

김강한이 다시 추궁하려다가는 설핏 치미는 웃음을 참지 못하고 피식 실소하고 만다. 웃기지 않는가? 자기 입으로 이미 다 말해놓고 모른다니 말이다. 과연 이 사내가 독종 조상태가 그토록 경계하고 두려워하던 그때의 그 쌍피가 맞나 싶다.

개떡 같은 소리

"근데 나한테 볼일이 뭐야?"

김강한의 그 질문이 너무 직접적이었는지 쌍피가 잠시 머뭇거린다. 김강한이 짐짓 인상을 쓰며 다시 채근한다.

"무슨 볼일이 있으니까 내 근처에서 얼쩡거리는 거 아냐?"

쌍피가 그제야 예의 그 무덤덤한 소리로 대답한다.

"고문님께서 뵙기를 청하십니다."

"나를? 왜?"

"저는 모릅니다."

또 모른다는 대답이다. 김강한이 다시금 짜증스러운 중에 문득 엉뚱한 궁금증이 생기기에 불쑥 묻는다.

"당신은 왜 살아?"

"……?"

"정말 궁금해서 그래. 뭘 위해서 살아? 돈 때문이야?"

"아닙니다."

"그럼?"

"고문님 때문입니다."

"그건 또 무슨 개떡 같은 소리야? 아니, 그 양반이 당신 혈육도 아닐 텐데, 오로지 그 양반을 위해서 산다는 게 말이 돼?"

"이해 못 하실 수도 있겠지만, 저한테는 분명한 이유가 됩니다."

쌍피의 무심한 얼굴이 진지해진다.

"예전 제가 살아가야 할 이유를 찾지 못해서 스스로의 삶을 마감하려 할 때 고문님께서 제게 다시 살아갈 이유를 만들어주셨고, 그날부터 제 목숨은 제 것이 아니라 고문님의 것이라고 생각하며 살고 있습니다."

잘 이해하지 못할 얘기이나 김강한이 감정적으로는 무언지 공감이 되는 듯도 하다. 그 역시 죽지 못해 삶을 살아온 처지에서랄까? 쌍피가 고개를 숙인다.

"간청드리겠습니다. 고문님께서 꼭 뵙기를 원하십니다."

무심하고 냉혹하기만 할 것 같은 사내가 잇달아 고개를 숙이고 부탁하는 모습에서 단지 그 진정만으로도 김강한은 왠지 그 부탁을 들어주지 않으면 안 될 것 같은 기분이 되고 만다.

"알았어. 일단 만나는 볼게."

"감사합니다."

쌍피가 다시금 고개를 숙인다.

"당신이 왜 감사해?"

김강한이 툭 면박을 준다. 쌍피의 턱없는 충성심에 대해 괜한 심술이 생겨서다.

"감사는 내가 해야지. 오늘 도와줘서 고마웠어."

무심한 체 덧붙이는 김강한의 말에 쌍피가 희미하게 웃음기를 떠올린다. 그러나 그는 이내 다시 예의 그 무심한 표정으로 돌아간다.

왜 웃어?

쌍피가 슬그머니 무얼 건넨다. 휴대폰이다.

"이게 뭐야?"

"핸드폰입니다."

"핸드폰인지 누가 몰라서 묻겠어?"

김강한의 다시금 가벼운 면박에 쌍피가 지레 움찔하는 시늉이다. 그 모습에 김강한이 하릴없이 또 실소하고는 다시 묻는다.

"이걸 왜 나한테 주냐고."

"고문님께서… 필요하실 것 같다고……."

"나 이런 것 필요 없……."

김강한이 말끝을 흐린다. 설핏 생각해 보니 필요할 것 같기도 해서이다.

"이거 개통은 된 거야?"

"물론입니다."

"누구 이름으로?"

"그야… 조상태……."

"조상태? 그럼 아까 그 명함에 박힌 번호가……?"

"예, 그렇습니다. 이 핸드폰 번호입니다."

김강한이 슬그머니 휴대폰을 챙긴다. 그러자 쌍피의 입꼬리가 살짝 올라간다. 웃는 것이리라.

"왜 웃어?"

김강한이 버럭 인상을 쓰고 만다. 보이고 싶지 않은 속을 들킨 것 같아서이다.

그러자 흠칫하고 쌍피의 입꼬리가 내려가는데, 그게 또 우습기도 해서 김강한이 슬그머니 실소하고 만다.

고민까지 할 일은 아니겠지만

진초희와는 이제 결코 가볍지 않은 인연이 되고 말았다. 그와 그녀가 원했든 원하지 않았든. 그런 점에서는 인연을 넘어 필연이라고 할까?

그러나 다시 헤어진 지금 그들은 서로의 이름만 알 뿐 연락할 전화번호도 주소도 알지 못한다. 그도 그녀도 서로에게 물어보지 않았다. 필연을 믿은 것일까? 앞서 두 번의 만남처럼 언젠가는 또다시 만나게 되리라고 생각한 걸까?

사실은 엘리베이터에서 쌍피가 건네는 조상태의 명함을 깊은 생각도 없이 쉽사리 중산에게 준 것은 그렇게라도 그녀와의 끈이 끊어지지 않고 연결될 수 있으리라는 막연한 기대가 조금이나마 있던 것은 아닐까? 그리고 이제 그 명함에 찍힌 번호의 휴대폰을 그가 가지게 됨으로써 그러한 기대는 상당히 실제에 가까워진 것이고.

다만 그녀가 명함에 새겨진 김강한이 아닌 조상태란 이름을 보고 어떻게 생각할까? 혹시 그 번호로 전화를 하지는 않을까? 그때는 또 뭐라고 해명해야 할까?

그러나 괜한, 그야말로 쓸데없는 걱정이다. 그녀가 정말로 전화를 하면 그때 가서 고민해도 충분할 일이다. 고민까지 할 일도 아니겠지만.

날 좀 도와주시오!

이철진은 휠체어에 앉은 채로 김강한을 맞는다.

"그때 칼끝이 척추를 건드렸는데 하필이면 무슨 신경다발인가가 절단되었다고… 의사 말로는 남은 평생 이렇게 살아야 한다고 합디다. 인과응보라고 하는 말이 있더니 남에게 못할 짓을 참 많이도 한 죗값을 이렇게 치르게 되는 모양이오. 허허허!"

마치 남의 일을 말하듯이 하는 덤덤한 투와 허허로운 웃음에서 이철진은 그새 부쩍 늙어버린 느낌이다. 어쨌든 미처 생각지 못한 모습에 김강한이 당장에는 뭐라고 할 말을 찾지 못하는데, 이철진이 담담하게 웃으며 말을 잇는다.

"병원에 누워 있으면서 참 많은 생각을 했소. 처음에는 차라리 죽는 게 깨끗하겠다는 생각도 듭디다. 그러나 곧 마음을 고쳐먹었소. 기왕에 지은 죗값을 받은 것이라면 나머지 삶에서는 그 죄를 조금이라도 씻을 수 있도록 새롭게 살아보기로 말이오."

"그런데 무슨 일로… 날 보자고 했습니까?"

김강한이 이윽고 어색하게 입을 뗀다. 그리고 그것이 사뭇 떨떠름하고도 애매하다는 투여서인지 이철진이 잠시 그를 응시하고 난 다음에야 불쑥 뱉는다.

"날 좀 도와주시오!"

그야말로 뜬금없는 소리라 이번에는 김강한이 멀거니 바라보고만 있을 수밖에 없다.

당신밖에 없기 때문

이철진이 담담한 표정으로 말을 잇고 있다.

"장기적인 계획까지는 아직 세우지 못하고 있지만, 우선은 기존에 벌려놓은 사업부터 정리하기로 했소. 그런데 이 바닥이 본래 인심이 각박한 곳이다 보니 내가 이런 처지가 되었다는 소문이 퍼지자 모두가 날 물어뜯으려는 적으로 돌아서고 있고, 그런 바람에 큰 곤란에 처해 있는 중이오."

"뭐, 그런 거야 내가 알아야 할 바는 아닌 것 같고… 도대체 내가 왜, 무엇 때문에 당신을 도와야 한다는 겁니까?"

김강한이 냉정하게 반응한다. 그러나 이철진은 여전히 담담하다.

"내가 손해를 보고 피해를 입는 것에 대해서는 어차피 자업자득이니 기꺼이 감수할 각오가 되어 있소. 그러나 몇몇 주요한 사업을 원만하게 정리하지 못할 경우, 아무 잘못도 없이 큰 피해를 입게 되는 선의의 피해자가 다수 생겨나게 되니 그것을 막고자 당신에게 간곡히 도움을 청하는 것이오."

"아니, 그러니까… 댁의 그런 사정이 나하고 도대체 무슨 상관이란 겁니까? 어째서 아무 상관도 없는 나한테 도와달라느니 말라느니 하는 얘기를 하느냐 말입니다!"

김강한이 이윽고는 목소리를 높이고 만다. 그러나 이철진은 문득 희미한 웃음기를 떠올리더니 간단하게, 그러나 사뭇 단호하기까지 한 투로 받는다.

"당신은 내가 믿을 수 있는 사람이기 때문이오."

"뭐요?"

"지금 내가 믿을 수 있는 사람이 당신밖에 없기 때문이오! 쌍피 말고는!"

그런 데는 김강한이 결국 화를 터뜨리고 만다.

"믿어? 나를 믿는다고? 흐흐흐! 당신이 나에 대해서 뭘 얼마나 아는데? 내 이름이나 제대로 알고서 그런 소리를 지껄여 대느냐고!"

이철진의 표정이 차분하게 가라앉는다.

"모르오. 난 아직 당신의 이름조차 모르오. 단지 그날 처음 본 뒤 오늘 두 번째로 다시 보고 있을 뿐이오. 그러나 나는 그날 이미 당신에 대해, 이름은 모르지만 당신이 어떤 유형의 사람인지에 대해서는 분명하게 판단했소. 직감이라고 해도 좋고 내 평생의 경험이라고 해도 좋겠지만, 어쨌든 나는 당신을 판단했고, 그 판단에 따라 당신을 믿소. 이게 내가 사람을 판단하고 또 믿는 방식이오."

"허허… 참!"

김강한이 어이없음에 차라리 실소하고 만다. 그러나 그는
이내 다시 딱딱하게 얼굴을 굳힌다.

"방식이라고 했습니까? 좋습니다! 당신은 당신의 방식대로
하세요! 어디까지나 당신 마음일 테니까! 그러나 나는 내 방식
대로, 내 마음대로 합니다! 분명히 말해두지만, 난 당신과 엮
이고 싶은 생각이 조금도 없습니다! 자, 됐습니까? 그럼 난 이
만 가겠습니다!"

김강한이 차갑게 뱉고는 곧장 쌩하니 몸을 돌린다.

한 번도 해본 적이 없는 생각

"내가 이런 처지가 된 데에는 당신이 책임져야 할 부분도
분명 있다고 생각하오! 물론 내 인과응보요 자업자득이긴 하
지만, 그러나 당신도 전혀 무관하다고 할 수는 없지 않소?"

등 뒤에서 무겁게 외치는 이철진의 말에 김강한이 성큼성
큼 걷던 걸음을 멈칫 서고 만다. 턱없는 소리다. 그러나 또 아
주 틀렸다고 할 수는 없다는 데서 이내 묘하게 사람의 심정을
긁는 데가 있다. 이철진의 말이 이어지고 있다.

"말했듯이 나는 내 나머지 생을 새롭게 살아보기로 결심했
소! 악연으로 만난 우리의 관계 또한 이제부터라도 좋은 인연
으로 새롭게 맺어지길 희망하오! 선업(善業)이 또 다른 선업을

낳는다고 하지 않소? 당신이 날 도와준다면 나 또한 당신을 돕겠소!"

그 말에는 김강한이 이윽고 천천히 몸을 돌리며 받는다.

"뭘 말입니까? 도대체 나의 무엇을 돕겠다는 겁니까?"

이철진이 한결 담담해진 투로 받는다.

"당신도 뭔가 해야 할 일이 있을 것 아니오? 혹은 해보고 싶은 일이 있을 것 아니오?"

김강한이 차갑게 냉소한다.

"난 해야 할 일도, 해보고 싶은 일도 없는 사람입니다! 그저 내키는 대로, 그냥 마음이 가는 대로 하루하루 살아가는 사람이고, 다른 누구의 도움 따위는 조금도 필요치 않은 사람입니다! 그러니 당신의 그 알량한 직감이니 방식이니 하는 따위들, 내게 함부로 들이대지 마세요!"

신랄한 투다. 그러나 이철진은 문득 차가운 빛으로 된다.

"어느 누구의 도움도 필요치 않다?"

이철진이 나직이 반문하고는 가만히 고개를 가로저으며 덧붙인다.

"당신 혼자라면 그럴 수도 있을 거요! 그러나 당신에게 지켜야 할 사람이 있는 이상에는 그런 장담을 쉽게 해서는 안 되는 법이오! 이를테면 호텔에 함께 있던 그 여자분! 자세한 사정은 모르지만, 조폭들과 연관되었다는 것만으로도 평범한 사정은 결코 아닐 것 같은데… 그런 쪽이라면 내가 좀 더 효과적인 도움을 줄 수도 있소만……!"

진초희에 대한 얘기일 터다. 물론 김강한이 이철진의 도움을 받을 생각은 전혀 없다. 그럴 필요도 느끼지 못하고. 그러나 지금 그가 문득 혼란스러운 것은 이철진이 말한 중에 '지켜야 할 사람'이라는 대목에 대해서다. 정작 그는 그녀에 대해 그런 생각을 해본 적이 없다. 한 번도.

'그녀는 과연 내가 지켜야 할 사람인가, 아니면 안 지켜도 될 사람인가?'

만능열쇠

이진철의 말 중에서 김강한의 생각 속으로 불쑥 되돌아 비집고 나오는 것이 또 하나 있다.

"당신도 뭔가 해야 할 일이 있을 것 아니오? 혹은 해보고 싶은 일이 있을 것 아니오?"

아니라고, 없다고 했지만 사실은 그런 일이 하나 있긴 하다. 머릿속으로는 수없이 많은 방법을 고민하고 상상해 봤지만, 현실적으로 도저히 어떻게 해볼 수 없는 한 가지가.

"뭐 하나 좀 물어봅시다."

김강한이 불쑥 물은 데 대해 이철진이 설핏 의아함을 비치다가는 이내 담담히 받는다.

"말씀해 보시오."

"교도소에 수감되어 있는 사람을 빼낼 방법이 있습니까?"

순간 이철진의 표정에 당혹이 어린다.

'이 상황에서 이건 또 무슨 뜻으로 묻는 거지?'

그렇더라도 그가 차분하게 반문한다.

"수감이라면……? 그 사람이 어떤 죄목으로 몇 년 형을 선고받아서 어느 교도소에 수감되어 있소?"

"그런 것들과 상관없이… 내가 듣고 싶은 대답은 방법이 있는지 없는지, 가능한지 불가능한지입니다."

김강한의 표정이 문득 딱딱하게 굳어지고 눈빛 역시도 사뭇 강렬해지는데, 이철진이 설핏 이채를 떠올리며 잠시간 뜸을 들이다가는 선뜻 고개를 끄덕인다.

"일단 가능하오."

"가능하다고요?"

오히려 의구심으로 반문하는 김강한에 대해 이철진이 담담하게 덧붙인다.

"구체적인 방법과 절차에 대해서는 자세한 사정을 알고 난 뒤에야 말을 할 수 있겠지만, 분명하게 말할 수 있는 건 어떤 경우, 어떤 상황에서도 통할 수 있는 확실한 수단이 한 가지 있다는 것이오."

"그 한 가지가 뭡니까?"

묻는 김강한의 얼굴에 어쩔 수 없이 강한 기대감이 녹아든
다.

"돈!"

이철진의 대답이 짧고도 분명하다.

"돈?"

"그렇소. 돈은 만능열쇠와 같소. 돈만 있으면 사람이든 조직
이든 권력이든 또 다른 무엇이라도 원하는 대로 움직일 수 있
고, 그리하여 아무리 어렵고 복잡한 일이라도 결국은 해결할
수 있소. 돈이면 귀신도 움직일 수 있다고 하지 않소? 다만 문
제가 되는 것은 돈이 얼마나 많이 드느냐 하는 것뿐이오."

이철진의 말에서 김강한은 흔들리지 않는 확신 같은 것을
느낀다.

'돈이면 귀신도 움직일 수 있다!'

그리고 그럴듯하지 않은가? 이철진에 비해서는 짧겠지만 그
가 살아본 세상의 법도 그런 '그럴듯함'에서 크게 벗어나지 않
았으니 말이다. 김강한은 천천히 고개를 끄덕인다.

"좋습니다. 내가 원한 건 아니었더라도 어쨌든 이번에 그쪽
의 도움을 받은 건 사실이니 도와달라는 내용이 구체적으로
어떤 건지 일단 한번 들어보도록 하죠."

이철진의 눈가로 담담한 미소가 번져간다.

전적으로 당신의 결정에 따르겠소!

"그러니까… 지금 나보고 얼굴마담 노릇을 해라, 뭐 그런 얘깁니까?"

김강한이 시큰둥한 기색을 굳이 감추지 않으며 불쑥 뱉는다. 이철진의 얘기를 한참 동안 듣고 나서이다.

이철진이 말하는 요지(要旨)인즉, 실무적인 일은 쌍피를 통해서도 대부분 처리할 수 있으나, 대표가 직접 나서지 않으면 안 되는 자리와 상황이 있을 수밖에 없는데, 그런 상황에서 김강한이 역할을 좀 해달라는 것이다.

"얼굴마담 노릇을 할지, 아니면 진짜 주인 노릇을 할지는 전적으로 당신의 선택에 달렸소."

잠시 담담한 빛으로 김강한을 응시하고 있던 이철진이 불쑥 던진 말이다.

"내 선택에 달렸다니, 그건 또 무슨 얘깁니까?"

"서해 개발의 진짜 주인이 되어볼 생각이 있다면 기꺼이 당신에게 전권을 넘겨줄 용의도 있다는 거요."

김강한은 차라리 어이가 없다. 이건 또 도대체 무슨 뚱딴지 같은 소리란 말인가? 그가 당장 할 말을 찾지 못하고 있는 중에 이철진이 차분하게 말을 잇는다.

"나는 이미 서해 개발의 대표직을 내려놓고 고문 직함을 달고 있는 중이지만, 당신이 모든 일에서 손을 떼고 아주 떠나라면 그렇게 할 것이고, 만약 당분간이라도 내 조언이 필요하다고 하면 또 기꺼이 곁에서 조언자의 역할을 할 것이오. 모든 것을 전적으로 당신의 결정에 따르겠소."

이철진의 말이 그렇게까지 나오는 데 대해서는 김강한이 이제 당황스럽기보다는 슬쩍 기분이 더러워진다. 그가 지금 이런 얘기로 농담이나 할 기분이 전혀 아닌 것이다.

그냥!

"다 좋다고 칩시다. 그런데 한 가지만 물어봅시다. 뭡니까? 당신 소유의 서해 개발을 나한테 아예 바칠 수도 있다는 이유, 아무 관계도 아닌 나한테 그렇게까지 하겠다는 이유가 도대체 뭡니까?"

김강한이 무겁게 물은 데 대해 이철진이 문득 싱긋한 미소를 떠올린다.

그 순간 한쪽 구석에서 시종 정물처럼 서 있던 쌍피의 무심하던 눈에서는 희미한 이채가 떠오른다. 이철진의 최측근으로 그림자처럼 곁을 지키는 그로서도 낯설다. 이철진이 그런 미소를 떠올리는 모습은. 그러나 그런 모습이 이철진에게 어울리지 않는다는 건 아니다.

"그냥!"

이철진의 대답이 짧고도 명료하다. 김강한이 와락 인상을 쓰고 마는데, 그러나 이철진은 예의 그 싱긋한 미소를 거두지 않은 채로 담담하게 덧붙인다.

"당신이 아까 그랬잖소? 그저 내키는 대로, 그냥 마음이 가는 대로 하루하루를 살아간다고. 문득 그런 생각이 들었소. 그렇게 살아보는 것도 꽤 괜찮겠다는……."

그냥 조상태로 합시다!

"그런데 이름이 어떻게 되시오?"

그 물음 끝에는 이철진이 피식 웃음기를 매단다. 이제야 그것을 묻는 데 대해 스스로 실소가 생기는 모양이다. 그러나 김강한은 여전히 웃을 기분이 아니다. 더욱이 본래의 이름을 밝히고 싶지는 않다.

"기왕에 명함까지 팠으니 그냥 조상태로 합시다!"

김강한의 심드렁한 투에 대해 이철진이,

"안 될 것도 없겠지요."

하고 수월히 수긍하더니, 그래도 짚고 넘어가야 할 부분은 있다는 기색으로 다시 말을 보탠다.

"다만… 조상태가 거의 사무실에서만 일을 한 터라 외부로는 얼굴이 알려지지 않은 편이지만, 그래도 얼굴을 아는 사람이 아주 없진 않을 거요."

"누가 얼굴 가지고 뭐라고 하면 어느 날 갑자기 마음에 안 들어서 확 뜯어고쳤다고 하지요, 뭐,"

김강한이 이번에도 시큰둥하니 받는다.

"허허허!"

이철진이 가볍게 소리 내어 웃고, 그런 모습에 쌍피의 눈에서 다시금의 이채가 떠오를 때 이철진이 담담한 빛으로 돌아가며 고개를 끄덕인다.

"그럽시다. 일단 그렇게 해보도록 합시다."

나쁘다기보다는 아쉽고 탐탁지 않은

[서해 개발 신임 대표 조상태]에게는 50평대의 고급 오피스텔이 제공되고 전담 수행 비서가 따라붙는다.

김강한으로서야 특별히 나쁠 건, 아니, 나빠진 건 없다. 우선 여기저기 호텔을 전전하던 처지에서 상대적으로 안정된 생활공간을 얻은 것이 그렇다. 비록 언제까지일지 장담할 수는 없더라도. 또한 당장에는 딱히 해야 할 일이 있는 것도 아니고, 서해 개발 사무실에 나가서 자리를 지키고 있어야 하는 것도 아니어서 얽매일 것도 없다.

다만 한 가지 좀 그런 것은—나쁘다기보다는 아쉽고 탐탁지 않다고 해야겠지만—수행 비서에 대해서다. 수행 비서가 바로 쌍피이기 때문이다.

얼굴마담일 뿐인 대표에게—이철진은 여전히 그의 선택에 달렸다고는 하지만—군이 수행 비서가 필요하지도 않아 보이지만, 어쨌든 대표 직함에 수행 비서가 따라붙게 되어 있다면 '기왕이면 좀 상냥하고 싹싹하고 붙임성도 있는 비서면 좀 좋지 않겠는가?' 하는 정도의 아쉬움이다. 그렇다고 콕 찍어서 미모에다 늘씬한 몸매의 여비서를 바란다는 것은 아니지만 '솔직히 쌍피 같은 인상과 분위기의 인물이 비서 노릇을 하는 건 좀 아니지 않는가?' 하는 정도의 탐탁지 않음이다.

서로 주고받는 거래

수행 비서로서 쌍피의 임무 내지는 역할에 대해서도 김강한은 영 개운치가 않다.

처음에는 아예 24시간 따라붙을 태세였다. 오피스텔에서 숙식을 함께하면서 집사 노릇에다 밖에 나갈 때는 기사, 경호원, 매니저 노릇까지 말이다.

그쯤 되면 일을 돕거나 보조하라고 붙여준 게 아니라, 아예 대놓고 일거수일투족을 감시하겠다는 의도로 봐야 하는 것 아닌가?

하긴 이철진의 입장이 이해가 안 되는 건 아니다. 말로야 그에게 모든 걸 다 줄 수도 있는 듯이 하지만, 결국은 무슨 목적이 있어 잠시 그의 도움이 필요한 것뿐일 터다. 그러니 이철진 자신이 직접 밝힌 바도 있듯이 유일하게 믿을 사람인 쌍피를 그에게 붙여 적절한 통제와 감시를 할 수밖에 없는 것이리라.

사실은 그도 그렇다. 이철진과 마찬가지로 그에게도 나름의 목적이 있고 이철진의 도움이 필요하다. 그러므로 지금의 이 관계는 그와 이철진이 서로 주고받는 거래이다. 우선은 그가 이철진의 목적 달성에 도움을 주고, 그다음에는 그의 목적 달성을 위해 이철진의 도움을 받고자 하는 것이다.

　어쨌든 그가 가장 먼저 한 것은 쌍피의 집사와 기사, 경호원, 매니저 등등의 노릇에서 일단 집사 노릇을 배제시킨 것이다. 그가 부를 때만 오라고 선을 그은 것이다. 물론 마음 같아서야 예의 그 '상냥하고 싹싹하고 붙임성도 있는' 비서로 교체해 달라고도 하고 싶지만, 지금으로서는 사뭇 애매하고도 암묵적인 측면이 다분한 이철진과의 거래관계에서 그런 요구까지를 할 계제는 아니라고 할 것이다.

　그가 다음으로 한 것은 쌍피가 수시로 하려던 이런저런 보고에 대해서 지레 손사래를 친 일이다. 그가 해야 할 일이 생기면 딱 그 시점에 딱 그 부분만 찍어서 정확히 얘기를 하라고. 그 외에는 조금도 알고 싶지 않다고.

두 가지 압축된 목표

　김강한은 뒤늦게 조금씩 찜찜한 기분이 드는 중이다. 조상태로 행세하기로 한 데 대해서다.

　성형수술을 했다고 둘러대는 것도 정도껏이지 아예 딴판인 얼굴로야 통하겠는가?

그는 가만히 조상태를 기억해 본다.

길게 세워진 콧날, 잘빠진 하관, 반듯한 이마, 약간 찢어져 날카로운 눈매, 차갑고 영활한 눈빛이 주는 노회하고도 집요한 이미지.

그중에서 목표를 압축해 본다. 그나마 어떻게 시도라도 해볼 수 있겠다 싶은 항목으로.

압축된 목표는 두 가지다.

콧날, 그리고 눈매.

감히 섣부르게 시도해 볼 일은 결코 아니다

행결과 비결, 그리고 묘결.

그중 김강한이 느끼기에 가장 난해한 것은 바로 묘결, 즉 천환묘결이다.

요결을 이해하는 것이 어렵다는 건 아니다. 무슨 뜻인지, 뭘 말하고자 하는지는 오히려 명쾌하기까지 하다. 그가 애써 노력할 것도 없이 저절로 그렇게 된다.

어려운 건 실제의 운기(運氣)다. 그 미묘하고도 섬세한 운기의 묘(妙)다.

천환묘결은 단적으로 얼굴의 형태를 바꾸는 작업(?)이다. 얼굴의 피부와 미세 근육들을 다듬고 변화시키며, 나아가 보다 심오한 경지에서는 골격까지를 조정하는 것이다.

그런 만큼 그 과정에서 아주 조금의 실수나 착오만 있어도 얼굴이 그야말로 옥떨메―옥상에서 떨어진 메주 덩어리―가 되어버릴 수도 있는 일이다.

감히 섣부르게 시도해 볼 일은 결코 아니다.

시도

김강한은 일단 눈매에 대한 작업부터 시도해 보기로 한다. 혹시 잘못되더라도 눈두덩이가 조금 이상하게 변하는 정도일 테니―그런 정도에 그치기를 그저 바라 마지않는 바이지만―그나마 감수해 볼 만하다는 계산과 각오다.

거울을 보면서 천천히 구결을 운용하자, 아주 미세한 진기의 가닥들이 얼굴로 올라온다. 그것들을 지극히 조심스럽게 눈두덩이 주변으로 배치하고, 양쪽 눈꼬리의 미세 근육들을 묶어서 양 귀 쪽으로 당긴다. 그러자 눈매가 아주 조금 가늘어진 것 같다. 한 번 더. 다시 한번 더. 문득 어색하다. 너무 가늘어진 것이리라. 당김을 살짝 느슨하게 한다. 조금 나아 보인다. 조금 더. 다시 조금 더. 오케이! 이쯤에서 그만해야 할 것 같다. 아쉽지만 대충은, 아니, 조금은 비슷하게 된 것 같다. 그리고 괜히 더 욕심을 내다가는 이도저도 아닌 형태로 망칠 것 같은 걱정도 있다. 진기를 더욱 가느다란 가닥들로 만든

다음 미세 근육들의 당긴 상태가 유지되도록 묶어준다. 나중에 진기를 회수하면 묶임이 풀리면서 미세 근육들은 다시 원래의 상태로 돌아갈 것이다.

다음은 콧날에 대한 시도이다.

콧대 아랫부분의 근육과 살을 조심스럽게 위로 당긴다. 눈매를 다듬는 과정을 한번 거친 덕이겠지만, 진기의 운용은 한결 익숙하고 안정적이다. 한 번 더. 다시 한번 더. 콧날이 제법 섰다. 그 상태에서 고정시키고 어색한 부분을 다듬는다. 그리고 다시 위로 당기고, 고정시키고, 다듬는 과정을 반복해나간다.

이상한 걸 물어본 그의 잘못이 있을지언정!

수행 비서 쌍피가 오피스텔로 온 건 김강한의 호출이 있고 나서 5분도 채 지나지 않아서이다. 집사 노릇을 배제당했지만 늘 가까운 곳에서 대기하고 있다는 것이다.

"어때?"

김강한이 불쑥 묻는 말에 쌍피가 설핏 의아한 기색이 되면서도 딱히 반응을 하지는 않다가,

"조금 비슷해진 것 같지 않아?"

김강한이 다시 묻고 나서야,

"예?"

하고 짧은 반문을 꺼내지만, 여전히 시원할 만큼의 반응은
아니다.

"내 얼굴, 조상태랑 조금 비슷해지지 않았냐고?"

답답해진 김강한이 원하는 답을 제시하고 나서야 쌍피가
뒤늦게 고개를 갸웃한다.

쌍피의 그런 반응이 그저 시늉은 아니다. 그제야 김강한의
얼굴에서 뭔가 조금쯤 달라진 듯한 느낌을 받은 것이다. 그러
나 그 느낌이란 것이 사뭇 애매하다. 뭐랄까? 뭔가 조금 달라
진 것 같기는 한데, 막상은 특별히 달라진 게 없다고 할까? 쌍
피가 한 번 더 고개를 갸웃하고는 입을 연다.

"그렇게 물으시니까⋯ 조금은 그런 것 같기도 합니다."

예의 그 딱 부러지고 간단명료한 투지만 기실은 이것도 아
니고 저것도 아닌, 그야말로 뜨뜻미지근한 대답이다.

김강한이 설핏 표정을 구기고 만다. 그러나 성질대로 쌍피
를 다그칠 일은 또 아닐 것이다. 따지고 보면 쌍피는 잘못한
것이 없다. 이상한 걸 물어본 그의 잘못이 있을지언정.

누구처럼 막 휘둘러 댈까 봐서?

"칼 좀 구해줄 수 있어? 한⋯ 요만한 걸로."

다시금 불쑥 꺼내며 손으로 크기를 가늠해 보이는 김강한
에 대해 쌍피가 설핏 떨떠름한 듯한 기색으로 되었다가는 이

내 본래의 무표정으로 돌아간다. 그렇더라도 워낙에 무표정인 얼굴에서 드물게 만들어진 표정이라 김강한으로서는 사뭇 흥미롭기까지 하다.

"칼은 뭐 하시려고?"

쌍피의 그 반문에 대해서는 김강한이 짐짓 떨떠름한 체를 하며 받는다.

"왜? 걱정돼? 누구처럼 막 휘둘러 댈까 봐서?"

김강한이 슬쩍 양손을 들어 올려 간단히 모양새를 취해 보인다. 쌍피가 예의 그 반월형 칼을 쓰는 흉내다. 그러나 쌍피는 아무 감흥이 생기지 않는다는 듯이 무표정 그대로다.

"아닙니다!"

그 간단한 대답에는 김강한이 오히려 머쓱해져서 말을 보태게 된다.

"그냥… 할 수 있는 데까지 비슷하게 맞춰보려고. 그때 보니까 조상태가 칼 두 자루를 몸에다 숨기고 있더라고."

"알겠습니다."

쌍피의 답이 이번에도 간단명료하다.

적(敵)이거나, 적이 아니거나!

쌍피는 믿고 있다. 스스로의 감정을 철저히 배제할 수 있다고. 나아가 감정 자체를 느끼지 않는다고. 그럼으로써 철저히 단순명료한 기준에 의해서만 움직인다고. 단순명료한 기준. 그것은 무조건적이고 절대적이라는 의미와도 통한다. 바로 이철진의 명령이다.

물론 그도 사람인 이상 스스로의 생각과 판단을 아예 하지 않을 수는 없다. 다만 그것이 그의 무감정과 단순명료함을 흔들고, 그리하여 행동을 결정하는 데 작은 영향이라도 미치지 않도록 냉철하게 절제할 뿐이다.

이를테면 이철진과 접촉하는 사람에 대해서는 상대가 누구일지라도 그는 매 순간 철저하게 경계하고 판단한다. 돌발적이거나 미처 예측하지 못한 상황에서 이철진의 안위가 위협받는 긴박한 경우를 대비해서이다. 다만 그런 경우에도 그의 판단 기준은 여전히 단순하다.

'적(敵)이거나, 적이 아니거나!'

더욱이 이상한 노릇이다

쌍피는 요즘 때때로 당황스럽다. 한 사내 때문이다. 죽은 자의 이름을 쓰고 있으나 아직까지 진짜 이름이나 나이조차도 알지 못하는 사내 조상태는 그의 판단 기준에서 애매하고도 모호하게 벗어나 있다. 그럼으로써 그는 조상태에 대해 아직까지도 '단순명료한 판단'을 내리지 못하고 있다.

'적(敵)이거나, 적이 아니거나!'

그의 판단 기준에서부터 조상태는 어느 쪽인지가 모호하다. 처음엔 적으로 만났다. 그리고 그의 생각과 판단에서 조상태는 지금도 여전히 '이철진에게 위협이 될 소지 내지는 약간의 가능성이라도 있는 자'에 속한다. 다만 그럼에도 지금 그에게 조상태는 적이 아닌 쪽이어야 한다.

'조상태를 보좌하고 그의 지시를 따르라!'

그에게 내려진 이철진의 명령만으로도. 이철진의 명령은 절대적이다. 그러나 이전에는 생각해 본 적도 없는 종류의 모호함이 다시 남는 것은 어쩔 수가 없다.

'이철진의 절대적인 명령에 의해 조상태의 지시 역시도 절대적이어야 하는가?'

그런 모호함이 그를 당황스럽게 만든다. 혼란스럽게 만든다. 무감정과 단순명료함을 흔든다. 그런 때문일 것이다. 문득문득 묘하고도 이상한 느낌이 되곤 하는 것은.

처음에는 전적으로 이철진의 명령을 따르는 것일 뿐이었다. 그런데 어느 순간부터 조상태에 대해 크게 거부감이나 경계감을 느끼지 않는 그 자신을 발견하곤 한다. 묘하다. 때때로 예측 불허에다 제멋대로인 조상태의 언행에 대해서도 그다지 거슬리거나 밉지가 않은 건 더욱이 이상한 노릇이다.

제6장
—
동아줄

보호막

"내일 3시! 박 사장님한테는 이게 마지막 기회입니다! 이 기회를 놓치면 그 뒤에 생기는 사태에 대해서는 책임 못 집니다!"

일방적으로 말을 쏟아내고는 전화가 뚝 끊긴다.

박해건 사장은 잔뜩 이마를 찌푸린다. 그는 서울에 2개, 지방에 3개의 대형 클럽을 소유하고 있는, 이른바 클럽 재벌이다. 방금 그에게 전화를 한 인물은 삼도 물산의 양낙진 상무다. 삼도 물산의 실체는 전국구 3대 메이저 조폭 중 하나인 로타리파이고, 양낙진 상무는 로타리파의 행동대장 출신이다.

"이철진 대표는 도대체 어떻게 된 거야?"

혼잣말을 뱉는 박해건 사장의 얼굴이 무겁다. 그는 서해 개발에서 거액의 사업 운영자금을 대출해 쓰고 있다. 비록 그 대출이자가 시중은행 금리의 서너 배에 달하지만, 대신 이런 분야의 사업에서 으레 각오해야만 하는 비공식적인 비용이 일절 나가지 않는다는 점에서는 결코 손해 보는 장사는 아니다. 서해 개발에서 제공하는 여러 형태의 보호막 덕분이다.

그런데 얼마 전부터 심각한 문제의 조짐이 발생하고 있는 중이다. 느닷없이 삼도 물산 측에서 서해 개발보다 조금 싼 이자를 제시하면서 자신들의 자금을 쓰라고 제의해 온 것이다. 서해 개발의 자리를 자신들이 대신하겠다는 노골적인 의사 표시이다.

박해건 사장으로서야 결코 달갑지 않은 노릇이다. 삼도 물산의 과거 행태에 대해 잘 알고 있기 때문이다. 그들이 서해 개발보다 다소 나은 조건을 제시하였다고는 하지만, 일단 자신들의 뜻대로 거래가 이루어진 다음에는 끝없는 요구와 경영 간섭이 이어질 것이 뻔하다. 그리고 이윽고는 경영권 자체를 빼앗으려고 달려드는 상황도 배제할 수 없다. 삼도 물산과 엮였다가 그런 식으로 하루아침에 무너져 버린 업소가 한두 곳이 아닌 것이다. 문제의 심각성은 그럼에도 불구하고 삼도 물산 측의 제의를 간단히 거부할 수 없다는 데 있다.

삼도 물산 측에서 이처럼 노골적으로 나섰다는 것은 지금까지 서해 개발이 제공하던 여러 형태의 보호막이 더 이상 유효하지 않게 되었음을 의미할 공산이 크다.

이런 긴박한 시점에 서해 개발의 이철진 대표와는 도통 연락이 닿지 않고 있다. 아마도 그의 일신상에 무슨 문제가 생긴 것이리라.

그나마 생색이라도 좀

"대표님, 사무실로 좀 나와보셔야 되겠습니다!"

쌍피로부터의 전화다. 껌딱지처럼 내내 주변에 달라붙어 있다시피 하더니 웬일로 혼자 알아서 나오라는 투로 들리는 까닭에 김강한은 괜스레 못마땅하다.

"무슨 일인데?"

김강한이 트집이라도 잡듯이 받고는, 그러나 막상은 대답을 기다릴 것도 없이 곧바로 덧붙인다.

"알았어! 지금 나갈게!"

얼굴마담 노릇일지라도 어쨌든 도움을 주겠다고 시작한 일이다. 그러니 만큼 그래도 한두 번쯤은 사무실에도 나가주고 해야 그나마 생색이라도 좀 날 것 같은 생각이 들어서다.

새삼스레 곱씹어본다고 해서 무슨 소용이 있겠는가?

김강한이 서해 개발 사무실에는 그날의 사건 이후로 처음 와보는 것이다.

사무실은 이전과 좀 달라졌다. 소파와 책상, 그리고 집기 비품들이 모두 새것으로 바뀐 것 같은데, 이전보다 한층 깔끔하고 고급스러운 분위기가 난다. 그러나 사무실 내부를 간단히 훑어보던 중에 김강한은 괜스레 싸한 기분이 드는 것을 어쩔 수가 없다. 출입문 쪽의 바닥에 두 눈을 부릅뜬 채로 죽어 있던 조상태의 참혹한 모습이 새삼스레 떠올라서다.

"손님 한 분이 오시기로 했습니다."

쌍피의 보고에 김강한이,

"그래?"

하고 건성으로 받고 나서야 뒤늦게 당황스럽다.

"뭐? 손님? 여기로?"

"예."

"아니… 그럼 그렇다고 미리 얘기를 했어야지?"

"아까 말씀드리려고 했습니다."

"그런데?"

"대표님께서 알았다고 하며 그냥 나오신다고 하기에 지금 말씀드리는 겁니다."

김강한이 저도 모르게 주먹에 힘이 들어가고 만다. 얄밉다기보다는 하여튼 뻣뻣하고 건조하다. 그 속의 사정이야 어찌

되었건 대표가 가볍게라도 탓하는 체를 하면 일단은 수그리는 시늉이라도 하는 것이 수행 비서의 덕목일진대 한 마디 할 때마다 또박또박 말대꾸다. 예의 그 인정머리라곤 없는 무표정으로 말이다.

그러나 어쩌랴. 이제 와서 '기왕이면 좀 상냥하고 싹싹하고 붙임성도 있는 비서면 좀 좋지 않겠는가?' 하는 아쉬움과, '솔직히 저런 인상과 분위기의 인물이 비서 노릇을 하는 건 좀 아니지 않는가?' 하는 탐탁지 않음을 새삼스레 곱씹어본다고 해서 무슨 소용이 있겠는가 말이다.

그래서? 어떡하라고?

"손님이 누군데?"

"박해건 사장이라고, 우리 서해 개발에서 거액을 대출받은 VIP 고객 중 한 분입니다."

"VIP건 뭐건 그런 건 난 모르겠고, 내가 그 사람을 왜 만나야 하는 건데?"

"대표님과 긴급히 협의할 일이 있다고 이미 여러 차례 면담을 요청하고 있는 중입니다."

"나랑? 서로 알지도 못하는 사이에 무슨 협의를 하고 면담을 해?"

"서해 개발의 대표님 아니십니까?"

"뭐?"

김강한은 이윽고 할 말을 찾지 못한다. 이쯤 되면 막가자는 건가? 수행 비서 주제에 감히 대표를 가르치고 훈계하겠다는 것 아닌가 말이다. 최소한 '아쉽고 탐탁지 않은' 정도는 한참 넘어선 것 같다. 그러나 쌍피는 자못 태연하고도 담담하게 덧붙이고 있다.

"참고하실 사항에 대해 체크해 드리겠습니다. 박해건 사장은 일 년 전쯤에 한 차례 사무실을 방문했고, 그때 조상태 실장과도 대면을 했습니다. 그리고 이후 업무상으로 간단히 통화도 몇 차례 한 것으로 파악됩니다."

김강한이 인상을 확 그리고 만다.

"그래서? 어떡하라고?"

"참고로 하시란 겁니다."

김강한이 다시금 욱하고 치미는 성질에 쌍피의 마냥 담담한 면상에다 한 방을 꽂아주고 싶다. 그러나 차마 그렇게 할 수는 없는 노릇. 그가 쌍피에게는 시선도 주지 않고 간단히 고개를 가로젓는다.

"몰라! 난 모르겠으니까 당신이 알아서 처리해!"

그리고 아예 사무실에서 나가 버릴 요량으로 김강한이 자리에서 일어설 때다. 사무실의 문이 벌컥 열리며 풍채 좋은 백발의 신사 한 사람이 사뭇 급한 걸음으로 들어선다.

"어서 오십시오!"

쌍피가 정중히 고개를 숙이며 손님을 맞고는 다시 김강한을 돌아보며 짐짓 정중한 투로 알려준다.

"대표님, 박해건 사장님 오셨습니다!"

혹시… 조 실장?

박해건 사장은 쌍피나 김강한을 보는 둥 마는 둥 하더니 뒤따라 사무실로 들어서는 두 명의 거한을 돌아보며 지시한다.

"자네들은 밖에서 기다려!"

거한들이 다시 밖으로 나가고 사무실 문이 닫히자 박해건 사장은 쌍피를 향해 대뜸 목소리를 높인다.

"이철진 대표는 어디 있나? 지금 내 목에 시퍼런 칼날이 들어오고 있는 판에 그 양반은 도대체 어디서 뭘 하고 있길래 도통 전화 연결도 안 되는 거냐고?"

"아까 전화로도 말씀드렸지만, 이철진 고문님께서는 개인 사정으로 현업에서 물러나셨습니다. 그리고 현재로서는 고문님이 어디에 계신지 저희도 알지 못합니다."

쌍피가 고분하게, 그러나 차분하게 가라앉은 목소리로 대답한다.

"그러니까 그게 도대체 무슨 소리냐고? 그리고 설령 그렇다고 하더라도, 다른 사람은 몰라도 늘 그림자처럼 붙어 다니던 당신은 알 거 아냐?"

박해건 사장이 버럭 닦달을 한다. 그러더니 그는 이내 제풀에 기가 꺾인 듯이 어깨를 힘없이 늘어뜨리고 하소연이라도 하는 투로 다시 말을 꺼낸다.

"서해 개발이 주력사업을 정리하고 이 바닥에서 발을 뺀다는 소문이 돌고 있던데, 사실인가? 만약 그게 사실이라면… 당신들만 믿고 사업을 벌려놓은 나 같은 사람은 어떻게 하라는 건가?"

쌍피가 차분한 기색을 흩트리지 않으며 받는다.

"박 사장님, 지금 제가 드릴 수 있는 말씀은 이제 서해 개발에 관한 모든 것은 여기 조상태 신임 대표님께서 주관하신다는 것입니다."

쌍피의 그 말에 김강한이 새삼 당황스러운데, 박해건 사장이 그제야 발견했다는 듯이 김강한을 돌아본다. 그러고는 이내 그 또한 사뭇 당황스럽다는 기색이 되고 만다.

"조상태… 라면… 혹시… 조 실장?"

의심과 불안

박해건 사장은 눈앞의 조상태가 아무래도 낯설다. 그가 조상태와 직접 얼굴을 대한 건 일 년여 전의 한 번뿐이다. 그러나 아직껏 그의 기억에 어느 정도 남아 있을 만큼 당시의 조상태는 상당히 개성이 뚜렷한 인상의 소유자였다.

"음!"

박해건 사장이 이윽고는 나직한 탄식을 불어내는데, 그런 그에게서는 이제 의심과 불안까지 확연히 드러난다.

쌍피가 김강한을 향해 힐끗 눈치를 준다.

'어떻게 좀 무슨 말이라도 좀 해보시라'는 정도의 뜻일 터이다. 김강한이 잠깐의 당황 끝에 겨우 입을 뗀다.

"오랜… 만입니다, 박 사장님."

겨우 인사말이나 건넨 것이다. 박해건 사장의 얼굴이 더욱 무거워진다. 그 목소리마저도 몇 차례 간단한 통화까지 한 바 있는 조상태의 것과 사뭇 다른 느낌인 때문이다.

박해건 사장의 표정과 기색 하나하나에 집중하고 있던 쌍피가 재빨리 나선다.

"서해 개발 신임 대표이신 조상태 대표님이십니다."

다시금의 소개가 생뚱맞다. 그러나 쌍피의 사뭇 정색에다 한껏 가라앉혀 잔뜩 무게를 실은 목소리는 다시 한번 조상태의 위치와 위상에 대해 강조를 하는 것이리라.

동아줄

박해건 사장은 새삼 조상태의 얼굴을 뜯어본다.

그러고 보니 콧날과 눈매가 그의 기억 속에 있는 인상과 비슷한 것 같기도 하다.

그리고 자리가 사람을 만든다고 하지 않던가?

같은 사람이라도 조상태 실장과 조상태 대표는 그 무게감의 차이만으로도 인상이 사뭇 달라질 수 있는 것이다.

이윽고 박해건 사장은 완전히 수긍한다. 아니, 수긍하지 않을 수 없다. 조상태 신임 대표. 그가 지금 현재 서해 개발의 모든 것을 주관하는 위치인 이상, 자신을 구원해 줄 단 하나뿐인 동아줄인 것이다.

더 이상은 듣고 있을 수 없는 지경

"상황이 다급합니다! 당장 어떻게 좀 조치를 취해주시오! 애초에 내가 이 일을 벌인 건 오로지 이철진 대표를 믿은 때문이오! 어떤 문제도 생기지 않도록 해주겠다고 한 약속을 철석같이 믿었소! 그러니 이 대표에게 무슨 사정이 생겼다고 해도 이제 조 대표가 서해 개발의 신임 대표가 된 이상, 기왕의 약속에 대해서는 꼭, 반드시 책임을 져주셔야만 하오!"

박해건 사장의 하소연이 한참이나 늘어진다. 사뭇 일방적이고도 다급하며 더욱이 그로서는 무슨 소린지 전혀 알 수 없는 얘기들이라 김강한으로서는 전혀 끼어들 여지가 없다. 하긴 끼어들 필요까지는 없다. 박해건 사장의 뒤편에 버티고 선 쌍피가 주는 눈짓에 따라서 그냥 적당히 고개를 끄덕여 주는 것으로도 충분하다.

"요즘 난 불안해서 밥도 제대로 넘어가지 않고 밤잠도 통 자지 못하고 있는 형편이오! 이래서야 살아도 산목숨이 아니오! 조 대표, 제발 사람 좀 살려주시오!"

박해건 사장의 하소연이 읍소로 이어지고 있다. 쌍꺼풀이 눈을 깜빡인다. 이제쯤에는 고개를 끄덕여 주는 것만으로는 충분치 않다는 것이리라. 하긴 김강한으로서도 영문도 모를 하소연과 사정을 더 이상은 듣고 있을 수 없는 지경에 이르기도 했다.

"무슨 말씀이신지 잘 알았습니다. 저희들이 아무런 문제 없도록 다 해결해 드릴 테니까 아무 걱정 마시고 오늘은 이만 돌아가십시오."

"고맙소! 내 조 대표의 그 말씀만 들어도 숨통이 좀 트이는 것만 같소. 하여튼 난 조 대표와 서해 개발만 믿고 있을 테니 제발 좀 잘 부탁드리오."

박해건 사장이 김강한의 두 손을 부여잡으며 백발의 머리를 연신 조아린다.

괜찮으시겠습니까?

"도대체 무슨 일이야?"

박해건 사장이 사무실을 나가자마자 김강한이 질책하듯이

쌍피에게 묻는다.

"삼도 물산 쪽에서 박 사장을 압박하고 있는 중입니다."

"삼도 물산은 뭐고 압박은 또 뭐야? 무슨 소린지 알아듣게 좀 얘기를 해봐!"

"그게……"

쌍피의 말이 살짝 늘어지려는 모양새다. 평상시답지 않게. 그에 김강한이 미리 잘라 버린다.

"됐어! 다른 얘기는 나중에 시간 날 때 천천히 들어도 될 일이고, 그래서 내가 뭘 어떻게 하면 되는 거야?"

쌍피가 설핏 애매한 표정이 되며 대답한다.

"삼도 물산이 다시 협정에 따르도록 바로잡아야 합니다."

여전히 모를 소리지만 기왕에 한 얘기가 있으니 김강한이 간단하게 고개를 끄덕인다.

"그래? 그럼 그렇게 하자고!"

쌍피가 표정에 다시금 모호한 느낌을 담는다.

"괜찮으시겠습니까?"

"뭐가? 괜찮고 말고 할 게 뭐가 있어? 그렇게 해야 한다며? 당신이 알아서 추진해! 나야 뭐… 하라는 대로 할 테니까!"

그러자 쌍피가 짐짓 명령이라도 받는다는 듯이 고개를 숙인다.

"알겠습니다. 그럼 즉시 추진하겠습니다."

씨알이라도 먹힐 그가 아니다

"내가?"

김강한이 짐짓 눈을 크게 뜨며 묻는다. 박해건 사장이 삼도 물산 회장과 직접 대면하여 담판을 짓기로 했다는 보고와 함께 그 자리에 김강한도 참석하는 것이 좋겠다는 쌍피의 말에 대해서다.

"예!"

쌍피의 대답이 사뭇 명료하다. 평상시답게.

"아니, 당사자들끼리 직접 담판을 짓기로 했다며? 그런 자리에 내가 왜 끼어?"

김강한이 얼토당토않다는 시늉이자 쌍피가 담담하게 받는다.

"박해건 사장은 들러리일 뿐이고, 담판의 당사자는 삼도 물산 회장과 대표님이 되는 겁니다."

"허 참, 누구 맘대로? 누가 그렇게 정한 거냐고?"

김강한이 이윽고는 인상을 쓰고 만다. 그러나 쌍피의 무표정은 전혀 흩어지지 않는다.

"대표님께서 그렇게 하겠다고 하시지 않았습니까?"

"내가? 내가 언제?"

"그때 박해건 사장이 사무실에 왔다 간 뒤 저한테 분명히 말씀하셨습니다. 알아서 추진하라고. 하라는 대로 하겠다고."

"……?"

김강한이 대꾸할 말을 찾지 못한다. 듣고 보니 그렇게 말한 기억이 그에게도 분명하다. 그렇더라도 속에서 울컥하고 치민다.

'그게 꼭 그런 뜻이었겠냐고? 설령 그런 뜻이었다고 해도 꼭 이런 식으로 갖다 붙여서 치받아야 하겠냐고?'

그러나 어쨌든 틀린 말은 아닌데, 대놓고 버럭 할 수도 없는 노릇이다.

"아니, 삼도 물산의 본색이 무슨 대단한 조폭이라며? 그런 사람들하고 담판은 무슨 담판이야? 어디 말이 통할 사람들이냐고?"

김강한이 슬쩍 말을 돌려본다. 그러나 애당초 씨알이라도 먹힐 쌍피가 아니다.

"저쪽에서는 우리와의 기존 협정을 깨겠다는 표시를 노골적으로 하고 있는 상황입니다. 그렇다면 저쪽의 의사결정자와 직접 담판을 짓는 것 외에는 달리 해결책을 찾을 수 없습니다."

예의 그 무심한 표정에 더해 쌍피의 말이 사뭇 단호하기까지 하다.

정작의 꿍꿍이?

"그래, 담판을 하러 가면? 나하고 또 누가 갈 건데?"

김강한이 정색하며 묻는다. 정말 궁금해서다.

"제가 모시겠습니다."

쌍피의 대답은 역시 조금의 주저함도 없다.

"당신 혼자?"

김강한이 설마설마하며 퍼뜩 반문하지만, 쌍피는 그저 가볍고도 태연한 고갯짓으로만 대답을 대신한다. 당연하다는 것일까? 그런 데는 김강한이 다시 묻지 않을 수 없다.

"정말 당신하고 나하고 둘만 가자는 거야? 그 조폭 소굴에?"

쌍피의 표정이 더욱 무심해진다. 그러더니 차분하게 대답을 낸다.

"삼도 물산, 즉 로타리파는 전국구 조폭 중에서도 삼대 메이저급에 드는 조직입니다. 전쟁을 하자는 것도 아니고 담판을 지으러 가면서 인원을 떼로 데리고 가봤자 구차스럽기나 할 뿐 도움이 될 건 없다는 생각입니다. 그럴 바엔 차라리 대범하게 나가서 대표님의 존재감을 강하게 부각시키는 전략이 오히려 효과적이겠다는 판단입니다."

"허어?"

김강한이 어이없다는 탄식 외에는 내놓을 반응이 없다.

전략이니 판단이니 하는 말 따위는 조금도 신뢰가 가지 않는다. 그저 잘난 척, 센 척 허풍이나 떨자는 말로밖에는 들리지 않는다. 참 대책 없는 노릇이 아닐 수 없다.

설핏 생각건대는 뭔가 정작의 꿍꿍이가 따로 있는 것 같기
도 하고.

잘하라고!

"이봐, 당신!"

김강한이 짐짓 목소리를 깐다.

"예, 대표님!"

"잘해!"

"예?"

"잘하라고!"

김강한의 목소리가 한층 더 내리깔린다.

쌍피가 설핏 눈을 마주쳐 온다. 그러나 다시 묻지는 않고
곧장 깍듯하게 고개를 숙인다.

"예, 대표님!"

제7장
—
의뢰

삼도 물산

　박해건 사장은 삼도 물산의 본사 건물에 미리 도착했으나 감히 먼저 건물 안으로 들어가지는 못하고 밖에서 기다리고 있는 중이다. 그의 곁에는 두 사람의 경호원이 서 있다. 둘 다 떡 벌어진 어깨의 거한들이지만, 박해건 사장은 느낄 수 있다. 그들이 벌써부터 잔뜩 위축되어 있다는 것을. 하긴 그들도 이곳이 어떤 곳인지 모르지 않을 테니 그럴 수밖에 없는 것이리라.

　초조하고 불안한 기색을 떨치지 못하던 박해건 사장이 문득 반색하며 종종걸음을 친다. 저쪽에서 쌍피와 김강한이 걸어오는 걸 보고서다. 쌍피가 인사에 앞서 경호원들은 밖에서 기다리도록 하는 게 좋겠다는 말부터 꺼냈고, 박해건 사장도 순순히 수긍한다.

박해건 사장 등 세 사람이 로비로 들어서자 깔끔한 유니폼의 사내가 곧장 다가와 고개를 숙인다.

"박해건 사장님이십니까?"

박해건 사장이 움츠리듯이 고개를 끄덕이는데, 유니폼 사내가 앞장을 선다.

"회장님께서 기다리고 계십니다. 안내해 드리겠습니다."

실감

엘리베이터가 12층에서 멈춘다. 층 전체를 회장실과 그 부속실로 쓴다고 하더니 엘리베이터의 문이 열리자 곧바로 진갈색의 카펫이 깔린 넓은 통로가 이어진다.

통로의 양옆으로는 단단한 몸집의 덩치들이 줄지어 버티고 서 있는데, 그 숫자가 적어도 오륙십 명은 되어 보인다.

김강한이 흘깃 쌍피를 흘겨본다.

'이렇다고까지는 얘기를 안 했잖아?'

그런 뜻에서다. 그러나 뒤늦은 원망이나 후회를 토로하자는 건 아니다. 그냥 그렇다는 실감이다. 여기가 바로 삼도 물산. 삼대 메이저 조폭에 드는 로타리파의 본거지라는 실감.

그러나 쌍피는 슬쩍 김강한의 시선을 피해 버린다. 김강한의 흘겨보는 시선에서 그의 '실감'보다는 '뒤늦은 원망이나 후회'를 여지없이 받아들인 걸까?

저치들, 뭐여?

통로의 끝, [회장실]이라는 명패가 달린 커다란 문이 활짝 열린다.

안내를 받아 안으로 들어서니 널따란 내부 공간에서 우선 눈에 들어오는 것은 사방의 벽을 장식하고 있는 화려하고도 고급스러워 보이는 장식물들이다. 그리고 가운데쯤에는 크고 호화로운 응접세트가 놓여 있고, 그 뒤쪽으로 십여 명의 사내가 늘어서 있다.

다시 그 안쪽의 창가에 커다란 책상이 하나 놓여 있는데, 육십 대 초중반으로 보이는 초로의 사내 하나가 천천히 일어서고 있는 중이다. 바로 삼도 물산의 총수이자 로타리파의 실질적인 보스인 남대식 회장이다.

응접세트로 나온 남대식 회장이 중앙의 단독 소파에 앉으며 박해건 사장을 향해서도 앉으라는 손짓을 한다. 그러나 박해건 사장이 주춤거리며 쉽게 움직이지 못하는데, 쌍피와 김강한을 돌아보는 것이 마치 어떻게 해야 할지를 묻는 듯하다.

남대식 회장의 눈길이 그제야 쌍피와 김강한에게로 향한
다. 그러곤 다시 박해건 사장에게로 돌아가는 그의 시선에 설
핏 위엄이 실린다. 박해건 사장이 움찔하는 모습이 되어서는
질문이라도 받은 듯이 재빨리 대답을 내놓는다.

"서해 개발… 조상태 대표와 그 수행 비서입니다."

남대식 회장이 다시금 천천한 시선으로 김강한과 쌍피를
훑더니 그의 등 뒤 응접세트 뒤쪽에 선 중년의 사내를 향하
여 나직이 묻는다.

"저치들, 뭐여?"

그 물음에는 막상의 궁금함보다는 굳이 감추지 않는 불쾌
감과 질책의 느낌이 강하게 서려 있다. 시선을 받은 중년 사내
가 남대식 회장에게 넙죽 허리부터 숙이고는 곧장 험악한 기
세가 되며 박해건 사장을 향한다.

"이것 보쇼, 박 사장! 누가 당신더러 함부로 다른 사람들을
데리고 오라고 했소?"

중년 사내는 곰같이 우람한 체구에 길게 찢어진 눈매만으
로도 충분히 위압적인 터에 거친 질책까지 더해지니 박해건
사장이 대번에 주눅이 들고 만다.

"그게……!"

박해건 사장이 가늘게 떨리는 목소리로 말을 꺼내려는데,
중년 사내는 여지를 주지 않고 몰아붙인다.

"바쁘신 회장님 스케줄을 어렵게 빼서 겨우 면담 자리를 마

련해 줬더니 여기가 어디라고 당신 맘대로 이따위 황당한 짓 거리를 해? 기껏 애쓴 내 입장은 뭐가 되냐고? 당신, 내가 그렇게 쉽게 보여? 어?"

중년 사내의 목소리 톤이 점점 거칠어져 가는데, 그때다.

"어이, 뭐가 이렇게 시끄러워? 정신 사납게시리!"

남대식 회장의 가벼운 호통이다. 그러자 중년 사내가 대번에 기세를 꺾는다.

"죄송합니다, 회장님!"

넌 또 뭐냐?

"방금 서해 개발 대표라고 했나?"

남대식 회장의 나직한 물음은 누구에게 묻는지 분명치 않지만, 박해건 사장은 지레 주춤거린다. 그러자 좀 전의 중년 사내가 한층 낮아지긴 했어도 여전히 날카로운 투로 채근한다.

"빨랑 대답 안 하고 뭐 해? 회장님께서 물으시잖아?"

"예… 예, 서해 개발의 조상태… 신임 대표입니다!"

박해건 사장이 더듬거리며 겨우 대답하자, 남대식 회장이 가벼운 투로 다시 묻는다.

"신임? 이철진 대표는 어디 가고 갑자기 웬 신임이야? 어떻게 된 거지?"

"그게……."

박해건 사장이 대답을 잇지 못하더니 이윽고는 쌍피와 김강한을 돌아본다. 그런 모습에 중년 사내가,

"이런, 씨……!"

하고 쌍소리라도 내뱉으려더니 갑자기 화살을 김강한 쪽으로 돌린다.

"어이, 거기 서해 개발! 어떻게 된 건지 직접 설명해 봐!"

그러나 김강한으로서도 뭐라고 당장에 대답할 말이 궁하기는 마찬가지다. 조상태가 서해 개발의 신임 대표가 된 사정이나, 더욱이 그가 조상태가 된 내막은 다른 누구에게 함부로 설명을 해줄 수 있는 문제가 아니지 않는가? 그가 멀뚱히 눈만 마주치고 있자 중년 사내의 인상이 곧장 험악하게 일그러진다. 그때다.

"이철진 전임 대표께서는 개인 사정으로 현업에서 물러나셨습니다. 그리고 여기 조상태 신임 대표님께서 전권을 위임받아 서해 개발의 모든 것을 총괄 주관하고 계십니다."

차분한 목소리의 주인은 쌍피다.

"넌 또 뭐냐?"

중년 사내는 아예 하대로 뱉는다. 일개 수행원 주제인 쌍피가 함부로 나선 것에 대한 노골적인 불쾌감의 표시이리라.

"조상태 대표님의 수행 비서인 쌍피라고 합니다."

여전히 차분하기만 한 쌍피의 그 대답에 중년 사내의 두 눈이 설핏 커진다.

"쌍피? 이철진의 보디가드?"

쌍피가 이번에는 굳이 대답하지 않는데, 중년 사내가 새삼 쌍피의 아래위를 훑고 나서는 고개를 끄덕이며 다시 잇는다.

"그래, 맞네. 이봐, 우리 예전에 한 번 본 적이 있지, 아마?"

저치, 누구야?

"가만, 그러고 보니 조상태라면⋯ 혹시 서해 개발 사무실 지키던 그 조 실장? 맞아?"

중년 사내가 다시 뭔가 생각났다는 듯이 고개를 갸웃거리며 묻는 말이다. 그 물음에는 쌍피가 짧게 확인해 준다.

"그렇습니다."

"일이 어떻게 좀 묘하게 풀린 것 같네? 흐흐흐!"

중년 사내가 말끝에 묘한 느낌의 웃음소리를 매달더니 김강한에게로 눈길을 주며 사뭇 과장된 시늉으로 말을 건넨다.

"어쨌든 간에⋯ 이야, 조 실장! 크게 출세했네?"

순간 쌍피의 표정이 차갑게 변한다.

"서해 개발의 대표님이십니다! 무례한 언행은 삼가십시오!"

그러자 중년 사내는 기다렸다는 듯이 대번에 거칠어진다.

"뭐? 무례를 삼가? 이런, 씨! 어이, 쌍핀지 코핀지 하는 애송이! 듣자니 너 제법 세다며? 야, 그렇다고 여기가 어디라고 너 따위가 함부로 말발을 세워? 그리고 서해 개발이 아무리 구멍

가게 수준이라도 그렇지, 갑자기 개나 소나 끌어다 놓고 신임 대표라고 우기면 우린 뭐 그냥 '아하, 그렇구나' 하고 고개를 끄덕여 줘야 하는 거냐?"

그러더니 사내는 이마에다 몇 가닥의 잔주름을 짐짓 만들고는 사뭇 비아냥대는 투로 말을 잇는다.

"근데 니들, 가만 보니까 뭔가 좀 이상한 냄새가 나는 것 같다? 어디 솔직히 한번 까보시지? 니들 혹시… 이철진이 제껴 버린 거 아냐?"

쌍피의 무심하게 가라앉은 눈빛 속에서 이윽고 한 가닥의 차가운 냉기가 번진다. 살기다. 그런데 그때다.

툭!

김강한이 팔꿈치로 가볍게 쌍피를 건드린다. 그에 쌍피가,

"예, 대표님!"

하고 즉시 반응하는데, 김강한이 힐끗 고갯짓으로 중년 사내를 가리키며 덤덤하게 묻는다.

"저치, 누구야?"

하여간 엉뚱한 데가 있다

"이름 양낙진! 나이 43세! 로타리파 행동대장 출신으로 현재는 삼도 물산 회장실 소속입니다!"

마치 보고서라도 읽는 듯한 쌍피의 건조한 투다.

중년 사내 양낙진의 인상이 대번에 확 일그러지고 만다. 쌍피의 말이 꼭 무슨 죄수의 신상을 밝히는 듯한 데다가 더욱이 상무라는 직급을 뚝 떼어버리고 이름만 불린 데서는 한참이나 나이 어린 친구에게 심한 모욕을 당한 듯하다. 그런데 그가 그런 데 대한 어떤 반응을 내놓기도 전인데,

"양낙지?"

하고 묻는 소리가 이어진다. 김강한이 쌍피에게 묻는 소리다. 순간 양낙진의 얼굴이 벌겋게 달아오르고 마는데, 그걸 보는 쌍피의 얼굴이 또한 미묘하게 씰룩거리더니 무표정이 깨어지고 만다. 참지 못하고 피식 실소를 머금고 만 것이다. 하여간 엉뚱한 데가 있다. 아직 진짜 이름도 모르고 있는 이 신임 대표 말이다. 그러나 쌍피는 재빨리 원래의 무표정으로 돌아가며 차분한 투로 신임 대표의 오류를 바로잡아 준다.

"낙지가 아니라 낙진입니다."

"그래?"

김강한의 반응은 그저 시큰둥하다.

마음에 안 드는 건 또 아니기에

"어이, 양낙진!"

김강한이 덤덤한 투로 부르는 그 소리에는 양낙진이 차라리 어이가 없어져서 두 눈만 크게 뜬다. 대신 그의 좌우로 선

덩치들이 먼저 분개하며 곧장 뛰쳐나올 태세가 된다.

그러나 그들보다 앞서 움직인 것은 김강한이다. 불쑥 앞으로 나서는가 싶더니 그는 마치 미끄러지는 듯이 기묘한 움직임으로 단숨에 양낙진의 바로 코앞까지 다가선다. 그야말로 순식간이다. 잔뜩 긴장한 채로 주의를 놓치지 않고 있던 쌍피조차도 미처 어떻게 반응하지 못할 정도로.

"어엇?"

눈만 부릅뜬 채 속수무책으로 가슴을 떠밀린 양낙진이 뒤늦게 놀란 소리를 토해낸다. 그러나 김강한의 강력한 힘에는 어떻게 저항해 볼 틈도 없이 튕기듯 뒤로 밀려난다.

쿵!

뒤쪽 벽면에 설치된, 유려한 붓글씨체의 한자가 새겨진 커다란 통나무 현판에 등을 세게 부딪치고 나서야 양낙진이 겨우 몸을 바로 세울 때다.

콱!

양낙진의 목 옆으로 칼 한 자루가 꽂힌다. 날카로운 칼날에 살갗이 닿을 정도로 바짝 곁이다.

"어헛!"

양낙진이 기겁하며 헛바람을 토해내는데, 김강한은 칼을 꽂은 채로 두고 뒤돌아서서 천천히 원래의 자리로 돌아간다. 마치 아무 일도 없었다는 듯이 태연하게.

김강한이 곁으로 돌아오고 나서야 겨우 긴장을 늦춘 쌍피가 뒤늦게 잔뜩 인상을 쓰고 만다. 도대체가 제멋대로다. 갈수록 예측 불허가 되는 이 신임 대표 말이다. 그러나 그는 이내 슬그머니 인상을 풀고 만다. 이상하게도 그런 제멋대로와 예측 불허가 마음에 안 드는 건 또 아니기에.

한 자루 총 앞에서는 모든 것이 무용지물에 불과하다

"야, 이 개새끼야!"

양낙진이 억눌린 분노를 폭발시키며 부르짖는 소리에 안 그래도 잔뜩 못마땅한 표정이던 남대식 회장의 얼굴이 이윽고는 와락 일그러지고 만다. 그런데 일성(一聲) 호통을 내지르려던 그는 갑자기 놀란 표정이 된다.

"야, 양낙진이! 너, 너, 지금……?"

당황해 제대로 말을 잇지 못하는 걸 보면 그로서도 미처 생각지 못한 상황인 듯하다. 권총이다. 양낙진의 손에 한 자루 권총이 들려 있다.

권총의 총구가 자신을 겨누고 있는 데 대해 김강한은 놀랍거나 당황스럽다기보다는 차라리 실감이 되지 않는다. 그때다.

타앙!

공간을 뒤흔드는 총성과 함께,

피슝!

뭔가가 공기를 압축하며 그의 귓전을 스치고 지나간다. 순간 김강한은 그대로 얼어붙고 만다. 진짜 총이다. 머리 바로 옆을 스치고 지나간 총알의 느낌이 뒤늦게 얼얼하다.

뒤이어 무력감이 그를 잠식해 든다. 두 다리에서 힘이 쭉 빠지는 것이 금방이라도 몸이 무너져 내릴 것만 같다. 외단과 내단이 그에게 주는 '뜻밖의 힘'이 아무리 대단하다 한들 한 자루 총 앞에서는 모든 것이 무용지물에 불과한 것이다.

쏘라니까!

일순간 모든 것이 정지된 듯한 정적이 흐르는 중인데, 쌍피가 성큼 걸음을 옮겨 김강한의 앞을 가로막아 버티어 선다.

"쏴!"

쌍피의 나직한 그 한 마디는 차라리 무심하다.

"비켜, 새꺄! 대가리에 바람구멍 내주기 전에!"

양낙진이 야멸차게 외친다. 그러나 쌍피는,

"쏘라니까!"

다시금 무심하게 받으며 양낙진을 향해 성큼 한 걸음을 뗀다. 총구를 향해 외려 몸을 들이미는 쌍피의 무모함에 양낙진이 오히려 당황하며 저도 모르게 주춤 한 걸음 뒤로 물러난다. 그러나 다음 순간에 양낙진은,

"미친 새끼! 정 소원이라면 너부터 날려주마!"

악다문 잇소리로 외치며 총구를 쌍피의 얼굴을 향해 정조
준 한다. 그러나 그때다.

"지금 뭐 하는 짓거리야?"

노한 호통은 남대식 회장의 것이다. 이어 그가 쌍피를 지목
하며,

"저놈! 당장 꿇어앉혀!"

명령하자 가까운 곳의 덩치들이 일제히 쌍피에게로 덮쳐든
다.

신랄한 부끄러움

'부끄럽다.'

손가락 하나도 까딱할 수 없는 무력감에서 문득 김강한이
끄집어낸 것은 일말의 부끄러움이다. 마지막 잔치를 즐긴다는
마음으로 한바탕 격렬하게 살아볼 작정을 한 그가 기껏 한
자루 권총 앞에서 공포와 무력감에 굴복해 하릴없이 무너져
내린 데 대해서다.

어떤 동질감 같은 것이 느껴질 만큼 그와 비슷하게, 또한
내일에 대한 목표나 목적 따위 없이 그저 오늘뿐인 삶을 사는
것 같은 쌍피가 지금 보이고 있는 모습과 너무나도 극명하게
대비가 되기 때문이다.

그가 총구 앞에서 무력하게 무너져 내릴 때, 본연의 무심함

조차 조금도 흔들리지 않는 모습으로 스스로를 총구 앞에 세운 쌍피의 모습에 대해서다.

부끄러움은 이윽고 신랄해진다. 그를 오그라뜨리고 말 듯이.

대책 없는 결과나 만들 것을 경계한 때문

덩치들과 뒤엉킨 중에 치고 차고 빠지는 쌍피의 몸놀림이 눈부시다.

그러나 덩치들도 만만찮은 완력들인 데다 더욱이 압도적인 숫자로 밀어붙이는 형세라 아무리 쌍피라도 이내 압도당하는 판세가 되고 있다.

그러나 김강한은 섣불리 움직이지 않는다.

그를 겨누고 있는 양낙진의 총구가 여전히 위협적이긴 하지만, 그러나 더 이상 그것으로 인해 얼어붙거나 무력감에 잠식당해 있지는 않다.

다만 '한 자루 총 앞에서는 그의 모든 것이 무용지물에 불과하다'는 여전한 사실 앞에서 무작정으로 움직여 대책 없는 결과나 만들 것을 경계한 때문이다.

어쨌든 그것들 중의 하나는 통했다

'외단이라면?'

김강한은 퍼뜩 떠올린다.

외단으로 다른 사람을 제어하거나 통제하는 것은 현재의 그의 능력으로는 어림없다. 그러나 권총의 총구를 약간이나마 틀어지게 만드는 정도라면? 그 정도라면 가능할 것도 같다. 그리고 다른 대안이 없는 이상 갈등을 할 까닭도 없을 터.

'시도해 보는 거다!'

외단이 펼쳐진다. 아무런 기척도 없이. 그리고 그 영역이 양낙진의 주변까지 확장되자 그는 양낙진의 손에 들린 권총에 의지를 집중한다. 다시 다음 순간, 그의 몸은 마치 한 줄기 빛살처럼 앞으로 쭉 뻗어 나간다. 전력을 다한 행결이다.

탕!

총성이 터져 나오고, 그의 머리 바로 위 천장에서 한 가닥 뽀얀 먼지가 일어난다.

풀썩!

그 순간 행결의 운용 중에 다시 보결을 더한 그의 몸은 순간적으로 방향을 틀었다가 다시 튕기듯이 양낙진을 향해 쇄도해 간다.

탕!

다시 한 발의 총성이 터져 나온다. 이번에는 그의 뒤쪽 벽에서 먼지가 일어난다. 그리고 어느 틈에 거리를 좁힌 그의 주먹이 양낙진의 관자놀이에 틀어박힌다.

빡!

비명도 없이 양낙진의 몸이 바닥으로 무너져 내린다. 그러곤 움직임이 없다.

바닥에 떨어진 권총을 주워 들며 김강한은 짧은 안도의 숨을 토해낸다. 확실하지는 않다. 그의 위험한 시도가 성공한 것이 외단 덕분인지, 아니면 행결과 보결 덕분인지. 다만 확실한 것은 어쨌든 그것들 중의 하나는 통했다는 사실이다.

내가 권총은 안 쏴봐서

바로 코앞에 총구가 들이밀어지는 데는 위엄을 잡고 있던 남대식 회장도 어쩔 수 없이 흠칫 놀라는 모습이 되고 만다.

"이게 안전장치 같은 게 따로 있나? 아님 당기면 그냥 발사되는 건가? 내가 권총은 안 쏴봐서……."

김강한이 혼잣말인 듯이 중얼대며 방아쇠에 걸린 손가락을 꼼지락거린다. 그런 데는 애써 놀람을 추스르던 남대식 회장의 얼굴색이 이윽고 창백하게 변하고 만다. 이건 차라리 쏘겠다고 위협하는 것보다 더 소름 끼치는 노릇이다.

"그만!"

남대식 회장의 그 한 마디 외침에 장내의 모든 움직임이 멈춘다.

이거 다룰 줄 알아?

김강한이 손에 든 권총을 까딱거리자 바닥에 쓰러진 쌍피에게서 떨어지던 덩치들이 주춤주춤 뒤로 물러선다.

힘겹게 몸을 일으켜 세우는 쌍피의 얼굴이 온통 피투성이다.

그러나 상황을 일별하고 난 쌍피의 입꼬리가 설핏 옆으로 찢어진다. 살짝 벌어지는 입술 사이로 벌건 핏물에 젖은 하얀 치열이 드러난다. 웃는 것이리라.

'하여간 별종이다!'

그런 생각부터 떠올리면서 김강한이 권총을 들지 않은 왼손으로 쌍피를 부른다.

그러자 쌍피는 먼지라도 털듯이 두어 번 가볍게 툭툭 옷을 털고는 비틀거리는 걸음이나마 허리를 꼿꼿하게 세운 채로 김강한에게로 걸어온다.

"이거 다룰 줄 알아?"

남대식 회장의 얼굴을 겨눈 채로 권총을 눈짓으로 가리키며 김강한이 쌍피에게 묻는다.

쌍피가 희미한 웃음기를 떠올리는데, 실소(失笑) 같기도 하고 냉소(冷笑) 같기도 하다.

"저한테 주십시오!"

쌍피의 목소리가 메마르다 못해 잔뜩 갈라져 나온다.

김강한이 망설일 까닭이 없다. 그를 위해 기꺼이 총구 앞을 가로막아 선 쌍피가 아닌가? 지금 심정으로는 무한대의 신뢰를 줘도 무방하다 싶다.

세 발 쐈지?

권총이 쌍피의 손으로 옮겨 가자 남대식 회장의 안면 근육에 가느다란 경련이 지나간다. 쌍피가 어떤 인물인지, 얼마나 냉혹하고 가차 없는 사내인지에 대해서 그도 들은 바가 있는 것일까?

쌍피가 곧장 성큼성큼 걸음을 뗀다. 바닥에 쓰러진 채로 이제 막 정신이 돌아온 듯이 몸을 꿈틀거리고 있는 양낙진을 향해서다.

도중에 덩치들이 쌍피를 덮치려고 딸막거리는 기색이지만, 쌍피가 간단히 총구를 겨누는 시늉만으로도 감히 위험한 시도를 할 엄두를 내지 못한다.

이윽고 양낙진의 곁에 선 쌍피가 위에서 내려다보며 덤덤히 뱉는다.

"너, 다른 건 몰라도 우리 대표님께 총질해 댄 것만큼은 절대 용서 못 한다! 세 발 쐈지?"

그리고 쌍피는 무심하게 방아쇠를 당긴다.

탕!

탕!

탕!

세 발의 총성이 잇따르고, 그런 중에 양낙진이 공포인지 고통인지 모를 참혹한 비명을 지르며 바닥을 나뒹군다. 다시 그런 중에 그의 양어깨와 왼 허벅지에서 벌건 핏물이 빠르게 배어 나오고 있다.

이거 잘 안 맞네?

태연한 걸음으로 돌아오는 쌍피를 보며 김강한이 절레절레 머리를 가로젓는다. 쌍피라는 사내의 저런 잔인함과 냉혹함에 대해서는 아무래도 적응이 되지를 않는다. 물론 그렇다고 해서 나무랄 생각까지 드는 건 아니다.

"몇 발이나 남았어?"

김강한의 물음에 쌍피가 탄창을 확인하고 나서 대답한다.

"네 발 남았습니다."

"이리 줘봐."

권총을 돌려받은 김강한이 가까운 쪽의 덩치들을 향해 대충 총구를 겨누고는 그대로 방아쇠를 당긴다.

탕!

굉렬한 총성과 함께,

핑!

덩치들의 머리 바로 위를 날아간 총알이 건너편 벽에 풀썩 먼지를 날리며 박힌다. 그러자 놈들에게서 난리가 난다. 이리저리 몸을 던지는가 하면 그대로 바닥에 납작 엎드리는 놈도 있다.

탕!

다시 한 발이 발사되면서 이번에는 다른 쪽에 선 덩치들의 위쪽 천장에서 풀썩 먼지가 인다.

"이거 잘 안 맞네?"

김강한이 태연하게 중얼거리며 다시 총구를 겨눈다. 그러자 총구가 향하는 방향의 덩치들이 여지없이 공포에 질리며 앞다투어 바닥에 몸을 던지고 엎드리면서 다시금 한바탕의 혼란이 벌어진다.

탕!

탕!

잇달아 두 발이 발사된다. 그리고 뒤이어,

틱!

틱!

하는 쇳소리가 난다. 더 이상 장전된 총알이 없다는 것일 텐데, 그제야 사방에서 길고 짧은 안도의 한숨 소리가 흘러나온다.

김강한은 미련 없다는 듯이 권총을 바닥에다 던져 버린다. 그러고는 성큼성큼 응접세트로 걸어가서 남대식 회장의 맞은편을 차지하고 앉는다. 그런 그의 모습은 마치 무슨 일이 있었느냐는 듯 태연하고도 대범하다.

쌍피가 김강한이 앉은 자리 뒤로 버티고 설 때, 그제야 정
신을 수습한 덩치들과 그때쯤 바깥에서 새롭게 몰려든 이십
여 명의 사내들이 더해지며 응접세트 주변을 겹겹으로 둘러
싼다.

없던 걸로 해줬으면 좋겠소!

잔뜩 고조된 긴장으로 실내의 공기는 금방이라도 터질 듯
하다. 그러한 분위기를 즐기기라도 하는 듯 담담히 남대식 회
장을 바라보고 있던 김강한이 이윽고 침묵을 깬다.

"남 회장님, 서해 개발 대표 조상태입니다. 서론 본론 다 빼
고, 단도직입적으로 결론만 묻겠습니다. 우리와의 협정, 회장
님 쪽에서 파기한 겁니까, 아니면 계속 유효한 겁니까?"

남대식 회장의 표정이 딱딱하게 굳어든다. 그러나 이내 표
정을 가다듬은 그가 애써 차분한 투로 입을 연다.

"이보시오, 조 대표! 아무래도 뭔가 착오가 있던 것 같소!"

김강한이 힐끗 쌍피를 돌아본다. 그리고 쌍피의 고개가 미
미하게 끄덕여지는 걸 보고 나서 다시 남대식 회장에게로 시
선을 되돌리며 짐짓 느릿한 투로 반문한다.

"착오라? 지금 착오라고 했습니까?"

남대식 회장의 표정에 설핏 긴장이 스칠 때다.

"그렇군요. 뭔가 착오가 있던 거였군요."

김강한이 문득 가볍게 웃음기를 떠올리며 덧붙였고, 순간 남대식 회장의 표정에도 가벼운 미소가 돈다.

"나 역시 결론만 말하겠소. 오늘 보여준 조 대표의 배포와 결단력이라면 우리가 계속 신뢰하지 못할 이유는 전혀 없겠다는 게 내 생각이오."

"그 말씀은 협정이 계속 유효하다는 것으로 들으면 되겠습니까?"

"물론이오!"

남대식 회장의 목소리에 한결 힘이 들어간다. 이어 허리를 꼿꼿하게 세우는 그에게서는 원래의 그다운, 회장과 보스로서의 관록과 위엄이 온전히 서는 듯하다. 담담한 미소까지 떠올린 그가 사뭇 여유롭게 말을 잇는다.

"그리고 착오에다 우발적인 상황이 더해져 벌어진 일이긴 하지만, 어쨌든 오늘 우리 측의 참으로 경솔하고 무례한 태도와 행동에 대해서는 깊이 사과를 드리는 바이오. 부디 바라건대 우리 조 대표께서 큰 배포로 오늘 일은 없던 걸로 해줬으면 좋겠소."

말끝에 남대식 회장은 가볍게 고개를 숙이는 시늉까지 보인다. 그러나 김강한이 실감이 나거나 더욱이 공감이 되지는 않아서 그저 무덤덤하게만 있는데 곁에서 쌍피가 그의 옆구리를 쿡 찌른다. 그런 데야 김강한이 내키지 않더라도 남대식 회장을 향해 마주 가볍게 고개를 숙여준다.

왜 그랬어?

"왜 그랬어?"

삼도 물산 본사를 나와 돌아가는 차 안에서 김강한이 불쑥 묻는다.

운전석의 쌍피가 룸미러를 통해 흘깃 시선을 마주치더니 이내 슬쩍 피하고는 혼잣말로 웅얼거리듯이 작은 소리로 받는다.

"그냥……."

김강한이 희미하게 실소하고 만다. 쌍피의 그런 분명하지 못하고 모호한 반응이 낯설기도 하지만, 그의 대중없는 질문에 대한 동문서답인지도 모르겠다는 생각이 들어서이다.

즉 그가 물은 것은 아까 양낙진이 그에게 권총을 겨누었을 때 쌍피가 자신의 안전을 돌보지 않은 채로 그의 앞을 가로막고 나선 데 대해서다. 그런데 그런 설명은 전혀 없이 다짜고짜 '왜 그랬어?' 하고만 물었으니 쌍피로서야 동문서답을 하기가 십상이지 않겠는가.

그러나 상관없다. 어쨌든 쌍피가 그런 건 사실이니까.

끌리는 맛

"아까 당신 말이야?"

김강한이 불쑥 궁금해지는 게 또 있어서 다시 말을 꺼낸다.

"……?"

"놈들한테 다구리당할 때 말이야."

"……!"

"그건 왜 안 쓴 거야?"

역시나 대중없는 질문이지만, 그래도 이번에는 쌍피가 무슨 말인지를 짐작한 모양이다. 그 칼, 그가 주먹에다 끼워서 쓰는 그 한 쌍의 반월형 칼에 대한 얘기란 것을.

"그냥……."

쌍피가 또 그 모호한 소리이더니 이내 희미하게 웃으며 덧붙인다.

"그 상황에서는 칼을 쓰면 안 되겠다는 판단에섭니다. 대표님께서 칼을 써도 된다고 지시를 하지도 않으셨고."

이건 또 무슨 말인지. 김강한이 좀 뜨악하다.

"그럼 내가 쓰라고 했으면 썼겠네?"

"예."

쌍피의 대답이 참 간단하다. 김강한이 더는 뭐라고 따져볼 여지가 없을 정도로.

어쨌든 이 사내, 쌍피. 갈수록 흥미로워진다. 뭔가 끌리는 맛도 있고.

돈과 재주와 냉혈의 심장

그 일.

김강한이 도저히 어떻게 해볼 방법을 찾지 못해 포기하고 있던 일이다.

그러나 누군가는 그 일이 가능하다고 얘기했다. 돈만 있으면 아무리 어렵고 복잡한 일이라도 결국은 해결이 가능하다고.

당장 그에게도 결코 작다고는 할 수 없을 만큼의 돈이 있다. 그러나 그 정도로 그 일은 여전히 불가능할 뿐이고, 설령 그 몇 배의 돈이 더 있다고 해도 그건 마찬가지일 것이다.

돈만 있다고 해서 그 일이 가능한 건 아닐 것이다. 결국 돈을 다룰 재주도 있어야 한다는 것일 터다. 누군가의 말처럼 돈을 만능열쇠처럼 다룰 수 있는 재주.

더하여 그 일을 위해서는 합법적 영역을 벗어나지 않을 수는 없는 만큼, 돈과 재주에 더해 불법쯤 간단히 저지를 수 있는 어둡고 차가운 냉혈의 심장도 지니고 있어야 할 것이다.

그는 그런 재주가 없거니와 그럴 만큼의 냉혈의 심장도 지니지 못했다. 그러나 그는 이제 알고 있다. 그런 조건들에 아주 잘 부합되는 한 인물을.

바로 이철진이다.

기꺼이 그렇게 하리라!

"당신이 날 도와준다면 나 또한 당신을 돕겠소."

이철진은 그렇게 말했다. 그 말대로 김강한은 이제 이철진에게 도움을 요구할 생각이다. 그가 이철진의 목적 달성을 위해 도움을 준 만큼 이제는 그가 요구할 차례다.

물론 그 요구로 인해 그것이 그가 준 도움보다 훨씬 비중이 큰 것일 수 있겠기에 그는 아마도 다시 이철진의 요구를 들어줘야 하는 입장으로 될 것이다.

그러나 상관없다. 그 일만 가능해진다면 그는 그가 가진 모든 걸 다 내놓을 수 있고, 그 이상의 어떤 대가라도 치를 수 있다.

나아가 '나머지 삶에서는 그간 지은 죄를 조금이라도 씻을 수 있도록 새롭게 살아보겠다'던 누군가를 다시 악의 구렁텅이로 밀어 넣고 함께 뒹굴어야 한다고 해도 조금도 망설이지 않고 기꺼이 그렇게 하리라.

얼마든지 악해지고 독해지리라. 그 일을 위해서라면.

의뢰

"한 가지 의뢰할 일이 있습니다."

김강한이 불쑥 꺼낸 얘기에 이철진이 설핏 의아한 기색이다가는 이내 담담한 빛이 되며 받는다.

"무슨 일인지 들어봅시다."

"지난번에 한번 얘기한 건데, 교도소에 수감되어 있는 사람을 빼내는 건입니다."

이철진이 잠시 생각하는 기색인 중에 김강한이 담담하게 덧붙여 묻는다.

"가능하다고 했죠? 돈만 있다면. 돈이면 귀신도 움직일 수 있다고."

"그래, 돈은 있소?"

이철진이 희미하게 웃으며 묻는다. 김강한이 고개를 끄덕이자 이철진은 웃음기를 조금 짙게 하며 다시 묻는다.

"얼마나 있소?"

"10억. 아니, 그것보다 조금 못 미치게."

그 대답에는 이철진의 표정이 약간의 변화를 보이는데, 김강한이 슬쩍 덧붙인다.

"모자란다면… 뭐, 모자라겠지만 우선 도움을 좀 요청하겠습니다. 나중에 반드시 갚을 테니."

이철진이 다시 잠시간 생각하는 모습이더니 가만히 고개를 끄덕인다.

"좋소."

김강한이 사실은 조금쯤 긴장하며 대답을 기다리던 중이라 이철진의 그처럼 간단한 승낙에는 저도 모르게 고개를 숙이고 만다. 감사의 표시다. 이철진이 빙그레 웃으며 마주 고개를 숙여 보이고는 다시 고개를 가로젓는다.

"그러나 내가 인사를 받을 일은 아닌 것 같소."

"……?"

"그 의뢰는 서해 개발에서 받아야 할 테고, 그렇다면 결국은 조 대표의 일이 될 것이니 말이오. 물론 조 대표는 대표로서 당연히 서해 개발의 모든 역량을 활용할 수 있고, 나 또한 서해 개발의 고문으로서 적극적으로 도울 것이오."

김강한은 한 방 먹은 느낌이다.

'혹시 이철진은 이것을 거래로 생각하지 않는 것일까? 정말로 나를 돕겠다는 진심이 있는 걸까?'

그런 생각마저 해보게 되는데, 그러나 어쨌건 중요한 것은 이철진이 그의 의뢰를 받아들였다는 것이다.

제8장
—
작업

열등감

박영민은 강남의 P호텔을 나선다.

최고급의 술과 여자들, 그리고 저마다 대단하다는 인물들과의 화려한 파티가 아직 계속되고 있지만 그는 먼저 나오는 중이다.

기분이 좀 더럽다.

그 더러운 기분이 무엇으로부터 기인하는지는 그 스스로 잘 알고 있다.

단적으로 최도준 때문이다.

최도준에 대한 열등감 때문임을 굳이 부인하지는 않는다. 부인할수록 더욱 비참해지는 게 열등감이니까.

사실은 그렇게 심각하게 생각할 것도 아니다. 그런 열등감은 그에게 아주 예외적인 것일 뿐이니까.

최도준 하나를 제외하고 나면 그보다 잘난 인물도 별로, 아니, 거의 없으니까.

귀족 클럽

와이—팝(Y—POP) 클럽.

무슨 팝송 따위를 즐기는 클럽이 아니다.

Y—POP! Young—Pride of Place, 즉 '젊은 최상위, 혹은 최고위'란 의미이다.

곧 일종의 귀족 클럽이다. 이름에서 말하듯이 대한민국 0.1%, 그리고 청년층에서는 0.001% 안에 든다고 자부하는 40세 이하의 미혼 남자들이 회원이다.

회원 자격은 부모가 정관계의 고위직이거나 재계 순위 20위 내에 드는 기업 오너의 직계, 혹은 젊은 나이에 이미 성공한 것으로 평가받는 청년 사업가나 벤처사업가로 본인의 순수 재산 가치 평가액이 최소 1,000억 원을 넘어야 한다. 거기에 더하여 용모 준수의 조건이 당연 사항으로 추가된다.

클럽의 회원 수는 100명이 넘지 않도록 엄격히 관리되며,

일 년 중 상, 하반기로 각 1회씩 전체 회원이 모여 정기 회합을 가진다.

관심 분야가 통하는 이들끼리는 소그룹을 이루어 자유롭게 교류를 하는데, 주로 파티와 유흥을 즐기고 또 그런 중에 인맥을 쌓으며 비즈니스가 성사되기도 한다.

저마다 내로라하는 Y—POP 클럽 회원 중에서도 다시 최고의 스펙을 가진 10여 명씩이 소속되어 있는 SC그룹과 SP그룹은 가장 활발하게 활동하는 소그룹이다.

SC그룹의 리더가 바로 박영민이고, SP그룹의 리더는 최도준이다. 박영민의 주소지가 서초인 데서 SC, 최도준의 주소지가 송파인 데서 SP란 이름이 붙었다.

토끼 굴

박영민의 앞으로 그의 스포츠카가 와서 선다. 주차 관리원에게서 키를 넘겨받아 그가 막 운전석에 오르는데 뒤따라 나왔는지 윤보상이 잰걸음으로 다가오며 말을 건넨다.

"박 형, 벌써 가게?"

박영민보다 다섯 살이나 많아서 그가 형으로 불러주는 데도 윤보상은 늘 그를 박 형으로 호칭한다.

기업 쪽 출신 중 선두권 재벌가의 3, 4세들이 대개는 최도준의 SP그룹에 소속되었고, 박영민의 SC그룹에는 윤보상처럼 자수성가형의 벤처기업 오너 다수가 속해 있다.

최도준의 배경 파워가 박영민보다 한 수 위라는 것을 부인하기 어렵다는 점에서 재벌가 출신들이 SP그룹 쪽으로 몰린 것은 당연하다 할 것이고, 그러자 나머지 상대적 열세의 자수성가형 벤처기업 오너들이 어쩔 수 없이 SC그룹으로 붙게 된 것이다. 윤보상은 그런 벤처기업 오너들의 대표 격이다.

"형, 오늘 기분이 좀… 그러네."

"그럼 박 형, 우리끼리 한 잔 더 하러 갈까?"

윤보상의 말에 박영민의 마음이 설핏 동한다.

"어디 괜찮은 데라도 있어?"

"분위기도 바꿀 겸 강북 쪽으로 나가보는 건 어때? 그쪽으로도 요즘 꽤 괜찮은 데가 많이 생겼거든."

강북이라는 말에 박영민은 문득 솔깃해진다. 강남이 아닌 강북. 문득 그와 최도준의 차이도 그쯤이 아닐까 하는 생각이 든다. 그리고 강북으로 간다면 이 찜찜한 열등감에서 깔끔하게 해방될 수 있을 것도 같고, 어쩌면 최고의 위상으로 온전히 설 수 있을 것 같은 사뭇 유치한 기대감마저 들기도 한다.

'토끼 굴!'

박영민은 문득 그 말을 떠올려 본다. 토끼들만이 사는 공간으로 가서 호랑이가 되어보는 거다. 그 누구도 감히 그를 거역하려는 엄두조차 내지 못하는 절대적인 존재가 되어보는 거다.

"좋아, 형! 가자! 토끼 굴로!"

"토끼 굴?"

윤보상이 설핏 의아한 기색이 되었다가 이내 짐짓 터프하게 어깨를 으쓱해 보이며 외친다.

"좋아! 가자고! 토끼 굴로!"

늑대의 필요성

"멤버 하나 끼우면 어떨까?"

차 안에서 윤보상이 슬쩍 묻는다.

"누구?"

윤보상이 대답 대신 싱긋 웃으며 주먹을 쥐어 보인 데 대해 박영민이 피식 웃고 만다.

"깡패? 조폭? 에이, 수준 떨어지게……."

"아냐. 그냥 깡패가 아니고 강북 바닥에서 제법 날리는 주먹이야. 그리고 나름 말도 통하고 분위기도 맞출 줄 알고."

"그래도 깡패는 깡패고 조폭은 조폭이지."

"그야 그렇지만… 아니, 난 그냥 강북 쪽에서 괜찮다는 두세 곳에 대해 말은 좀 들었는데 가보는 건 처음이라서… 우리 둘만 가는 것보단 그쪽을 잘 아는 친구 하나쯤 달고 가는 것도 괜찮을 것 같아서 그러지. 그리고 요즘 세상이 별별 일이 다 생기곤 하잖아? 혹시나 무슨 성가신 일이라도 생기면 그런

쪽으로 빠삭한 친구니까 깔끔하게 처리도 해줄 거고. 아니,
뭐 내키지 않으면 빼고."

윤보상이 주워섬기는 말에는 박영민이 또 조금쯤 동하는
마음으로 되긴 한다. 굳이 나쁠 건 또 없겠다. 호랑이가 되어
기껏 토끼 굴에서 이래라저래라 직접 호령을 해대는 것도 오
히려 체면이 상하는 일일 테니 대신 호령을 해줄 늑대가 한
마리쯤 필요할 수도 있겠다 싶다.

늑대의 힘은 그냥 직접적이고 단순한 힘이다. 호랑이의 힘
처럼 상징성이 있거나 품격이 있지는 않다. 그러나 밤거리에서
는 오히려 늑대의 단순하고도 직접적인 힘이 더 잘 통할 수도
있다.

그리고 직접 포효하지 않고도 절대적 존재로서 느긋하게
군림하는 위용. 호랑이로서는 그게 더 어울리며 더 통쾌할 수
도 있을 것이다.

"뭐, 그럼 그렇게 하든지."

박영민의 수긍에 윤보상이,

"오케이!"

하고는 휴대폰을 꺼내 든다.

"여보세요? 아, 한 형! 나 윤보상이요!"

윤보상이 역시나 '형' 소리다. 하긴 그것도 재주이고 능력이
다. 그 나름의 인맥 관리 방식일 테니 말이다.

"한 형, 다름이 아니고 오늘 내가 아주 귀한 분을 모시고

강북으로 나가고 있는 중인데 말이야, 한 형이 내 체면 좀 살려줘야겠어. 응? 누구냐고? 그냥 내가 무조건 잘 보여야 하는 손님이라고만 알아둬. 그리고 한 형도 이번 기회에 인사를 해두면 나중에 나한테 고맙다고 할 때가 있을걸."

박영민이 듣고 있다가 슬쩍 핀잔을 준다.

"형, 나는 팔지 마."

윤보상이 눈을 찡긋하며 웃어주고는 통화를 마무리한다.

"K클럽? 어, 그래. 그럼 거기서 봐."

'날것'으로의 기세

지하 주차장에 차를 세운 박영민과 윤보상은 엘리베이터를 타고 1층 로비로 올라간다. K클럽은 건물의 4층과 5층이지만, 윤보상이 부른 한창근과 로비에서 만나 같이 클럽으로 올라가기로 한 것이다.

박영민과 윤보상이 엘리베이터에서 내려 로비 쪽으로 나가는 중인데, 맞은편에서 사내 하나가 마주 오고 있다.

노타이의 셔츠 차림인데, 셔츠의 단추를 세 개쯤이나 풀어헤치고 있는 데서 사내는 약간의 불량기를 풍기고 있다. 더욱이 술을 한잔 걸쳤는지 고개를 숙이고 시선을 바닥으로 떨어뜨린 채 사뭇 불안정한 걸음걸이로 다가오는 것이 자칫하면 서로 부딪칠 것만 같다.

그러나 박영민은 비켜날 생각이 전혀 없다. 오히려 표시 나게 사내를 노려보면서 곧장 걸어간다. 이런 경우에 양보하는 것은 그에게 전혀 익숙하지 않다. 유치하다고 할 수 있지만, 그가 먼저 비켜나는 것은 자존심의 문제이기도 하다.

툭!

결국 두 사람의 어깨가 부딪쳤고, 순간 박영민이 표정을 확 일그러뜨릴 때다.

"뭐야, 새꺄?"

먼저 거친 소리를 뱉은 것은 노타이의 셔츠 사내다. 미처 상상해 보지 않은 상황에 박영민이 그제야 사내의 얼굴을 똑바로 본다. 눈빛이 매섭다. 날카롭고도 거칠다.

박영민이 일시적으로 멍해지고 만다. 이처럼 가까운 곳에서, 이런 '날것'으로의 거칠고 매서운 기세를 직접 맞닥뜨려 보는 건 처음인 것이다.

"뭘 꼬나봐, 시벌 눔아! 눈까리를 확 파버릴라!"

이어진 험하고도 야멸찬 말에 박영민은 이윽고 얼어붙고 만다.

늑대의 포스

"어이! 거기!"

누군가 굵은 목소리로 외친다. 로비 출입문 쪽에서 검은색 정장 차림에 우람한 덩치와 짧게 깎은 머리의 사내 하나가 빠르게 박영민과 노타이의 셔츠 사내를 향해 다가온다.

"지금 나 불렀냐?"

노타이의 셔츠 사내가 사뭇 도발적으로 물은 데 대해 예의 그 검은색 정장 사내는 가볍게 웃음기를 떠올리더니,

"그래, 너!"

하고 사뭇 여유롭게 확인을 해준다. 순간 노타이셔츠 사내의 얼굴이 확 일그러지며 여지없이 거친 욕지거리가 튀어 나간다.

"이런! 개새끼가……!"

그러나 동시이다시피 검은색 정장 사내의 손이 거침없이 날아간다.

짝!

속수무책으로 따귀 한 방을 얻어맞은 노타이셔츠 사내가 충격과 당황으로 주춤주춤 두 걸음을 물러난다.

"입 함부로 놀리지 마라! 죽는 수가 있다?"

웃음기를 거둔 채 굵고 나직한 목소리로 뱉는 검은색 정장 사내에게서 묵직한 포스가 풍겨난다. 노타이셔츠 사내가 감히 다시 도발하지는 못하는 중에,

"가라! 귀한 손님들 앞이라 곱게 보내준다!"

이어진 그 말에는 노타이셔츠 사내의 눈빛이 설핏 날카로움을 되찾는다. 그러나 그 날카로움은 다만 치열하게 상대에

대해 탐색하는 것이지 감히 투지를 되살리는 것까지로 나아가지는 못한다.

"꺼져라! 내 맘 변하기 전에!"

검은색 정장 사내가 다시 차갑게 뱉자 노타이셔츠 사내가 새삼 어깨를 움찔하고는 재빨리 몸을 돌려 로비 밖으로 사라진다.

호랑이로서의 위상을 새삼 확인한다는 데 대해서

"이야! 멋진데? 역시 우리 한 형이야!"

윤보상이 검은색 정장 사내를 향해 엄지손가락을 추켜올리며 감탄을 표시하고는 이어 박영민과 서로 인사를 시킨다.

"자, 서로 인사 트도록 하지! 이쪽은 한창근, 한 형! 그리고 여기는 박영민, 박 형!"

"한창근입니다!"

검은색 정장 사내 한창근이 박영민을 향해 가볍게 고개를 숙인다.

"박영민입니다."

박영민이 빤히 한창근을 바라보며 고개를 까딱한다.

'어린 노무 시키가……?'

한창근이 속으로야 그런 말이 튀어나오지만 감히 내색하지는 못한다. 이미 윤보상으로부터 대강의 언질을 받은 터이니 눈앞의 이 건방진 '어린 노무 시키'는 일단 윗줄로 대접을 하고 봐야 하는 것이다.

한창근에 대한 박영민의 뻣뻣함은 의도적이다. 수컷들의 세계에서 첫 만남에 가장 먼저 해야 할 일은 서열을 정하는 일 아니겠는가? 당연히 그가 위다. 그걸 분명히 인식시켜 줘야 하는 것이다. 그런 데는 사실 좀 전 그가 노타이셔츠 사내에게서 잠시나마 느낀 위축에 대한 보상심리도 다분히 포함되어 있지만.

박영민으로서는 어쨌든 만족스럽다. 한창근이 얼마나 대단한 주먹이며 조폭인 줄은 아직 모르겠으되 방금 보여준 포스만으로도 늑대 역할을 하기에는 충분하다고 할 것이다. 그리고 한창근의 숙임을 보면서도 그는 기분이 좋아진다. 당연한 일이긴 하지만, 호랑이로서의 위상을 새삼 확인한다는 데 대해서.

탕아(蕩兒)가 되어보는 것도 무방하리라!

늑대의 효과가 확실하다. 클럽 4층의 입구에서부터 클럽 매니저와 웨이터들의 태도가 다른 손님들을 대하는 것과는 눈에 띄게 확 다르다. 느긋하게 즐기는 기분으로 되는 한편, 박영민은 새삼 인정할 수밖에 없다. 늑대를 거느리고 오지 않았으면 아무리 그가 호랑이일지라도 받기 어려운 대접임을.

클럽 4층은 무대와 개방된 공간에 테이블이 놓인 일반적인 클럽의 형태로 꾸며졌는데, 5층으로 올라가자 확연히 분위기가 달라져 고급 룸살롱의 느낌이 난다.

그들은 5층에서 두 개밖에 없다는 VIP룸 중의 하나로 안내받는다. 5층의 가장 안쪽에 위치한 넓고 독립적인 공간으로 방음이 잘되어서 아무리 난장판으로 놀아도 무방하다는데, 기본 방값만 500만 원이라는 얘기를 윤보상이 슬쩍 비친다.

물론 윤보상에게는 이것이 투자라는 사실을 박영민도 잘 안다. 나중에 어떤 식으로든 몇 배로 보상받을 계산이 되어 있을 터이다. 그의 아버지는 국회의원이다. 그것도 여당의 거물급으로 현직 상임위원장직을 차고 있다. 윤보상을 비롯해 그에게 접근하는 치들은 대개 그의 아버지에게 뭔가 바라는 것이 있는데 직접 줄을 댈 인맥이 되질 않으니 차선책으로 그에게 접근하는 것이다.

어쨌거나 제 돈 쓰고 기분까지 맞춰주겠다는데 굳이 마다할 건 아니다. 받을 건 받고 마음에 안 들면 버리면 그만이다. 처음부터 그가 달라고 한 적은 없으니까 말이다. 다만 관건은 적당한 선을 지켜야 한다는 건데, 그런 건 이제 그에게 그리 어려운 일이 아닐 만큼 익숙해졌다. 속된 말로 한두 번 겪어보는 시추에이션이 아닌 것이다.

복잡할 건 없다. 적어도 여기는 복잡할 일이 없는 곳이다. 그저 토끼 굴인 것이다. 그가 최고로 군림할 수 있는 곳이며,

하고 싶은 건 뭐든지 할 수 있는 곳이다. 그는 그저 즐길 수 있는 만큼 즐기면 되는 것이다. 윤보상은 약도 준비한 눈치다.

좋다. 다른 때 같았으면 최소한의 자제는 했을 것이되, 오늘은 맘껏 풀어져도 좋으리라. 망가져도 좋으리라. 탕아(蕩兒)가 되어보는 것도 무방하리라.

감히 토끼 따위가

한창근은 자꾸만 눈살이 찌푸려지는 걸 애써 표정 관리를 하고 있는 중이다.

윤보상과 박영민은 오늘 아주 노는 것으로 끝장을 보기로 작정을 한 듯하다. 한 병에 백만 원이 훌쩍 넘어가는 최고급 양주를 무슨 병맥주 마시듯이 비워내고, 더하여 약까지 빨아대면서 해롱거리며 노는 꼴이 아주 가관이다. 특히나 박영민이 노는 꼴은 아주 개차반이다.

룸으로 아가씨 둘이 들어왔는데, 윤보상이 클럽 매니저를 통해서 어느 정도 레벨을 맞춘 아가씨들이란다. 박영민의 파트너가 된 아가씨는 신인급의 모델이라는데, 과연 쭉쭉빵빵의 늘씬한 글래머다. 그런데 이 아가씨, 박영민의 손이 함부로 몸을 더듬는 것을 못 견디겠는지 자꾸만 거부하고 있다.

'어린 노무 시키가……!'

한창근이 박영민의 추잡한 짓거리에 눈살이 찌푸려지면서

도 그렇다고 아가씨가 무조건 안되어 보이는 것은 아니다. 이 자리에 있는 모두는 어차피 각자의 삶을 사는 것일 터다. 지금 박영민에게 온갖 추잡한 짓거리를 당하고 있는 아가씨 역시도 끌려온 게 아니라 스스로의 의지로 이런 자리에 나왔으면 미리 그만한 각오는 되어 있어야 한다는 생각이다.

한창근이 못 본 체하며 자작으로 술잔이나 비우고 있는 중인데,

"근데 이년이?"

박영민이 기어코 화를 터뜨리며 사정없이 아가씨의 뺨을 후려갈긴다.

짝!

호된 충격을 받고 아가씨가 소파 위로 나가떨어지는데도 박영민은 오히려 화를 주체하지 못하는 모습이다.

"감히 토끼 따위가 호랑이를 거부해?"

되지도 않는 고함을 질러대며 벌떡 몸을 일으킨 박영민이 아예 아가씨를 짓밟기 시작한다. 그런 데는 한창근이 보다 못해 자리에서 일어선다. 그런데 그때다.

"꺄아악!"

찢어지는 듯이 비명을 지르며 아가씨가 소파 위를 구르듯이 몸을 빼서 달아나더니 곧장 룸의 문을 열고 바깥으로 튀어 나간다.

"저년 잡아! 당장 잡아서 데리고 와!"

박영민이 외친다. 그것이 자신을 향해 명령하는 것이었기에 한창근은 순간적으로 머리에 피가 확 몰리는 기분이 되고 만다.

'이런 씨바……!'

그러나 한창근은 다만 입속으로만 뱉었을 뿐이다. 주먹 위에 돈, 돈 위에 권력이라는 것을 뼛속으로 체감하고 있는 그인 것이다. 한걸음에 룸을 나선 그는 몇 걸음 앞쪽에서 달아나고 있는 아가씨를 간단히 뒤쫓아 가서 우악스럽게 머리채를 낚아챈다.

"아악!"

아가씨가 소스라치며 애원한다.

"살려주세요! 제발!"

그러나 한창근은 매몰차게 아가씨를 끌고 가 룸 안으로 밀어 넣고는 밖에서 문을 닫아버린다.

"니미! 더러워서……!"

그는 담배를 꺼내 문다. 기분도 더럽고 맘도 편치 않다. 담배라도 한 대 피워야 다시 룸에 들어갈 비위가 생길 것 같다.

니가 누군데?

"후우!"

한창근이 길게 한 모금의 연기를 불어낼 때다. 통로 저쪽에서 사내 세 명이 걸어오고 있다. 순간 한창근은 뭔지 모르게 싸한 기분을 느낀다. 직감이랄까? 그는 다시 한 모금의 연기를 깊숙이 들이마시며 사내들을 살핀다. 그러곤 두 눈을 크게 뜬다.

"어, 넌?"

사내들 중에 눈에 익은 얼굴이 있다. 바로 아까 로비에서 잠깐 시비가 있던 노타이의 셔츠 사내다. 그를 노려보는 사내의 눈에 독기가 서려 있다.

한창근은 싱긋 미소를 떠올린다. 상대가 누군지 확인함으로써 오히려 여유가 생긴다. 노타이셔츠 사내 레벨의 세 놈쯤 상대하는 건 크게 무리가 될 게 없는 것이다.

"어이, 넌 또 왜 여길 오냐? 기껏 애들 둘 더 데리고 와서 날 어떻게 해보겠다고? 흐흐흐! 그 새끼, 참. 너, 내가 누군지 알기나 하냐?"

한창근이 나직이 웃으며 던지는 말을 노타이의 셔츠 사내가 차분하게 받는다.

"니가 누군데? 뭐, 이쪽 바닥의 대가리라도 되냐?"

순간 한창근의 얼굴에서 웃음기가 지워진다. 사내의 눈에 서린 독기가 일순 사라지고 대신 느긋한 여유가 떠오르고 있는 까닭이다. 한창근이 차갑게 표정을 굳힐 때다.

퍽!

뒤통수에 강한 충격이 가해지고, 한창근은 그대로 의식의 끈을 놓치고 만다. 고꾸라지는 그의 뒤에 어느 틈에 다가왔는지 사내 둘이 서 있고, 그중 하나의 손에 야구방망이가 들려 있다.

아까 저 새끼도 그러더니

룸의 문이 벌컥 열리면서 일단의 사내들이 우르르 들어온다. 그들 중 하나는 축 늘어진 한창근을 끌고 있다.

사내들이 기절한 한창근을 룸의 한쪽 구석에다 아무렇게나 처박는데도 박영민과 윤보상은 술과 약에 잔뜩 취해 시시덕거리느라 미처 상황을 인지하지 못한다.

다만 소파 구석진 곳에 웅크리고 앉아 있던 아가씨 하나가 갑작스러운 광경에 두 눈을 크게 뜬다. 박영민의 파트너인 모델 아가씨인데, 아까 도망치다 잡혀온 뒤 험한 꼴을 당했는지 몰골이 엉망이다. 사내들 중 하나가 주먹을 휘두르는 시늉으로 위협한 뒤 손가락을 입에다 가져다 대자 그 서슬에 모델 아가씨는 감히 찍소리도 하지 못하고 스스로 입을 틀어막는다.

짝!

짜악!

호되게 뺨을 얻어맞은 윤보상과 박영민의 고개가 휙휙 돌아간다. 윤보상이 충격과 경악으로 두 눈을 부릅뜬 와중에도 어떻게 상황 판단이 되었는지 기다시피 소파 구석으로 몸뚱이를 피한다. 그러나 박영민은 머리를 흔들어 정신을 수습하려는 모습이더니 소리부터 지른다.

"너희들, 뭐야? 뭐 하는 새끼들이야?"

사내들이 어이없다는 듯이 피식거리는데, 박영민의 호통이 이어진다.

"야, 이 새끼들아! 내가 누군지 알아?"

노타이셔츠 사내가 구석에 처박힌 한창근을 힐끗 돌아보고는 박영민에게로 얼굴을 가까이 가져다 대며 나직이 뱉는다.

"아까 저 새끼도 그러더니, 그거 무슨 유행어라도 되냐?"

그러곤 다짜고짜 주먹이 날아간다.

퍽!

퍼억!

"악!"

"큭!"

속수무책이다. 박영민이 할 수 있는 건 비명을 지르는 것뿐이다.

절망

한바탕의 주먹세례가 지나간 다음, 박영민은 바닥에 무릎이 꿇려진다.

"니가 누구건 그런 건 아무 상관 없어! 지금 여기선 내가 법이거든? 그러니까 넌 내가 기라고 하면 기고, 짖으라면 짖고, 죽으라면 죽어야 되는 거야! 알았냐?"

노타이셔츠 사내가 나직한 소리로 으르렁거린다. 그러나 박영민이 충격에서 벗어나지 못했는지 미처 반응을 하지 못하자 사내가 차갑게 덧붙인다.

"대답 안 해? 이 새끼가 아직 덜 처맞은 모양이네?"

그 말에는 박영민이 화들짝 소스라치며 다급하게 주워섬긴다.

"아, 아닙니다! 알았습니다! 알았으니 제발… 때리지는 말아주십시오!"

그런 중에 박영민의 눈에 문득 간절한 빛이 서린다. 사내들의 시선에서 벗어나 있던 예의 그 모델 아가씨가 조금씩 문쪽으로 움직여 가고 있는 걸 본 때문이다. 제발 성공하길! 제발 밖으로 도망쳐서 무슨 조치든 취해주길!

한순간 모델 아가씨가 몸을 날리듯이 문을 향해 달음질친다. 그러곤 온 힘으로 문을 박차며 밖으로 뛰쳐나간다. 그러나 어느 틈에 쫓아온 사내 하나가 그녀의 머리채를 낚아챈다.

"아악! 누가 좀 도와주세요!"

모델 아가씨가 비명과 절규를 내질러 보지만 속절없이 다시 룸 안으로 끌려 들어와 한쪽 구석으로 내동댕이쳐진다. 그리고 사내가 문을 닫으려는 때다. 누군가 문을 붙잡으며 안으로 불쑥 머리를 들이민다.

"뭐야, 당신? 왜 남의 방을 함부로 들여다보고 그래?"

사내가 거칠게 쏘아붙이는 중에 그자는 힐끗 룸의 내부를 일별했고, 박영민과도 설핏 눈이 마주친다. 그러나 공포에 짓눌린 박영민은 눈빛으로만 간절할 뿐 막상은 아무런 소리도 내지 못한다. 그러는 중에 그자는 고개를 갸웃하더니,

"아, 이거… 실례했습니다!"

하고는 안으로 들이밀고 있던 머리를 다시 밖으로 빼버린다. 그제야 박영민이 간절함을 다해 필사적으로 외친다.

"살려주세요!"

그러나 잔뜩 억눌린 소리에 불과했고, 그나마도 거칠게 닫히는 문소리에 묻혀 버린다.

꽝!

그래도 박영민이 혹시나 하고 절박하게 문을 바라보는데, 문은 다시 열리지 않고 대신 명치에 강한 충격이 꽂혀든다.

"헉!"

숨이 콱 틀어막히며 박영민은 아득한 절망 속으로 질식해 간다.

구원

문이 다시 빠끔히 열리더니 누군가 슬쩍 머리를 들이민다.

아까의 그 얼굴이다. 바로 김강한이다.

"여기 혹시… 무슨 일 있습니까?"

노타이셔츠 사내가 차갑게 쏘아붙인다.

"아무 일 없으니까 그냥 가쇼!"

그 날카로운 서슬에 김강한이 짐짓 움찔하는 시늉으로 주위섬긴다.

"아니… 좀 전에 이 방에서 아가씨 하나가 뛰쳐나왔다가 다시 끌려들어 갔는데, 밖에서 듣고 있자니 무슨 비명 소리 같은 게 들리더라고요. 그래서 무슨 일이 있는지 걱정이 돼서 말입니다."

"뭔 일이 있건 없건 당신하곤 아무 상관 없잖아? 그러니까 곱게 말할 때 그냥 가쇼! 괜히 사람 성질 건드리지 말고!"

노타이셔츠 사내가 노골적인 위협을 비칠 때다.

"음, 음……!"

룸 안쪽에서 답답한 신음 소리가 들린다. 박영민이 내는 소리다. 감히 구해달라고 소리는 치지 못하고 겨우 신음 소리로나마 자신의 처지를 알리려는 절박한 호소다.

"어? 저기 저 양반, 많이 다친 것 같은데요?"

김강한의 그 말에 대해서는 노타이셔츠 사내가 이윽고 거칠게 폭발한다.

"이런 씨발! 남의 일에 신경 쓰지 말고 그냥 기라잖아, 개새끼야!"

그러나 다음 순간이다.

"악!"

짧은 비명을 지르며 노타이셔츠 사내가 풀썩 무너진다. 한 순간에 다가선 김강한의 한 방이 그대로 사내의 관자놀이에 꽂힌 때문이다. 미끄러지는 듯이 기이하면서도 믿기지 않을 만큼 빠른 움직임. 보결이다. 김강한의 천공행결은 또 다른 경지에 올라와 있다.

"새끼가 누구한테 함부로 욕지거리를 하고 지랄이야?"

이미 정신 줄을 놓아버린 노타이셔츠 사내를 김강한이 뒤늦게 나무라는데, 나머지 사내 넷이 그제야 놀람과 당황을 수습하고 일제히 달려든다.

그러나 김강한이 여유롭게 사내들을 맞아나가며 피하고 젖히고 치고 차는데, 그 몸놀림이 그야말로 번개처럼 빠르고 맹렬하면서도 부드럽다. 익숙하게 펼쳐지는 십팔수(十八手)다.

"악!"

"큭!"

비명 소리가 잇따르며 사내들이 속속 나가떨어지고, 얼마 지나지 않아 모두 바닥에 쓰러지고 주저앉는다. 쌍피가 달려온 것은 그런 다음이다.

"대표님! 괜찮으십니까?"

그 뒤늦은 염려에 김강한이 대답 대신 힐끗 떨떠름한 눈총을 주고는 박영민에게로 다가선다.

"괜찮소?"

그 한마디에 박영민은 왈칵 눈물을 쏟고 만다. 천신만고 끝에 지옥에서 구원된 듯한 안도에 뒤이어 억눌려 있던 설움과 억울함이 폭발하며 치밀어 오른 때문이다.

제9장
—
조우(遭遇)

진짜처럼

요즘 들어서 쌍피는 문득문득 놀랄 때가 있다. 조상태 대표를 보면서다.

길게 세워진 콧날과 잘빠진 하관, 그리고 반듯한 이마를 지닌 미남형의 얼굴.

조상태 대표는 점점 더 조상태다워지고 있다. 원래의 조상태 실장과 비슷해져 가고 있는 것이다.

더욱이 묘한 것은 딱히 얼굴의 몇몇 부분이 닮아간다는 생김새만의 차원이 아니라는 점이다. 전반적인 이미지와 분위기까지 포함해서 그렇다.

차갑고 날카로우며 영활하고도 집요해 보이는 눈빛. 그럼으로써 실제 나이보다 훨씬 더 노회해 보이는 느낌.

원래의 조상태를 잘 아는 입장에서 쌍피는 때로 섬뜩하기까지 하다. 가짜가 진짜처럼 변해가는 과정을 지켜보는 섬뜩함.

사양(辭讓)

그때 강북의 K클럽에서 박영민이 사례를 하고 싶다는 걸 김강한이 별일 아니니 그럴 필요까지 없다고 사양을 했다. 그리고 바쁜 약속이 있다며 서둘러 자리를 뜨려고 했더니 박영민이,

"저를 은혜도 모르는 형편없는 놈으로 만들지는 말아주십시오! 지금 바쁘시다면 다른 날에 뵐 수 있도록 연락처라도 주십시오!"

라며 극구 청을 하여 그가 못 이기는 체 명함을 한 장 주었다. 물론 [서해 개발 대표 조상태]의 명함이다.

이후 박영민으로부터 전화가 두 번이나 왔다. 정식으로 감사를 표하고 어떻게든 사례를 하고 싶다는 것이다. 특히 두 번째 전화에서는 자신의 아버지가 현직 국회의원이라는 말까지 흘리면서 혹시 도움이 될 만한 일이 있다면 자신이 적극

나서줄 수도 있다는 언질을 주기까지 했다.

서해 개발의 고문으로서 이철진은 박영민의 현재 심리 상태
에 대해 조금 색다른 의견을 내놓았다. 즉 그가 김강한의 압
도적인 무력에 반했을 수 있다는 것이다.

대한민국에서 좀 잘나간다는 고위층의 자제들이 흔히 그러
하듯이 박영민도 미국 조기 유학을 했고, 그런 부류가 대개
그러하듯이 미국의 문화를 깊이 있게 수용하지 못하고 그저
무력과 힘을 숭상하고 강자와 슈퍼 부자와 영웅을 숭배하는,
표면적이고 자극적이며 단편적인 일면에만 익숙해졌기 쉽다는
논리에서다.

어쨌거나 박영민이 김강한을 만나고 싶어 하는 것이 그저
인사치레나 하자는 것은 아닌 듯하다.

그러나 김강한은 거듭 완곡하게 사양하고 있는 중이다.

특별사면

[특별사면은 법무부 장관이 특정한 자에 대해 감형과 복권을
상신하면 국무회의 심의를 거쳐 대통령이 특사를 행한다.]

김강한이 의뢰한 건에 대해 이철진이 세운 핵심 작전은 바
로 특별사면이다.

작전의 핵심 타깃으로 지목된 인물은 박상출이다.

그는 여당 소속의 중진급 국회의원으로 현 국회의 법사위 위원장을 맡고 있는 인물이다.

즉 특별사면이 법무부와 국무회의 소관인데, 다시 법무부와 대검찰청이 국회 법사위의 소관 기관에 속하기 때문이다.

그리고 박상출은 박영민의 아버지이기도 하다.

현황(現況)

[작전 목표]

과실치사로 10년 선고를 받고 현재 J교도소에서 3년째 복역 중인 양재호를 최단기간 내에 특별사면으로 출소시킨다.

[1단계 작업]

─목표: 교도소 쪽 인맥을 뚫는다.

─지침: 가용한 정보를 총동원하여 J교도소의 말단 교도관에서부터 교도소장까지에 이르는 다수의 접점을 확보한다.

─현황: 기(旣) 작업 완료.

[2단계 작업]

─목표: 확보한 접점들을 매수한다.

─지침: 매수라고 해서 대놓고 뇌물을 주는 것은 곤란하다. 오히려 상대의 경계심만 높일 수 있기 때문이다. 먼저 집안 대소사

등을 활용하여 약한 정도의 성의를 보이고 차츰 친분을 쌓아가면서 뇌물의 스케일을 키워가야 한다. 그렇게 일정 수준 이상의 뇌물이 들어간 다음에야 원하는 바의 청탁을 노골적으로 넣어도 무방하다.

　―현황: 기(旣) 작업 완료.

[3단계 작업]

　―목표: 양재호를 교도소 내 최고의 모범수로 만든다.

　―지침: 양재호 본인과는 전혀 무관하게 서류상으로만 진행.

　―현황: 기(旣) 작업 완료.

[4단계 작업]

　―목표: 다가오는 광복절 특사 때 양재호가 특별사면 대상자 명단에 포함되도록 한다.

　―지침: 교도소에서 최우선으로 추천되도록 하고, 법무부의 최종 확정 명단에 오르도록 한다.

　―현황: 현(現) 작업 진행 중.

초대

박영민이 세 번째 전화를 했다.

이쯤에서는 김강한이 만나줄 작정이다.

그런데 박영민은 뜻밖의 제안을 한다. 특별한 파티에 초대하고 싶다는 것이다.

즉 귀족 클럽인 Y—POP 클럽의 멤버 중 다시 핵심 멤버만 참여하는 로열 파티에 조상태를 초대하겠다는 것인데, 박영민이 부연 설명 겸으로 생색을 낸 데 따르면, 정관계 최고위직의 자제들과 재계 서열 10위 안쪽의 재벌가 후계자 이십여 명만 참석하는, 그야말로 대한민국 로열패밀리들의 파티란다.

그리고 로열 파티 참여 회원당 한 명씩만 허용되는 동행 파트너로 조상태를 초대하겠다는 것인데, 조상태도 사업체를 운영하는 입장에서 최고급 인맥 확보의 기회로 삼아볼 만하지 않겠느냐고 그에게 최고의 혜택을 부여해 준다는 뉘앙스다.

어쨌든 이 초대는 김강한 쪽에서 미리 만들어놓은 각본상에는 없는 돌발적 상황이다.

호가호위(狐假虎威)

박영민은 본래 로열 파티에 대해 별로 탐탁잖아하는 입장이었다.

단적으로 최도준 때문이다. Y—POP 전체 모임이야 스케일이 커서 최도준과 대면할 상황을 최소화할 수 있지만, 로열 파티처럼 작은 규모의 파티에서야 어쩔 수 없이 정면으로 마주쳐야만 하는 것이다.

그런 그가 조상태를 로열 파티에 초대할 생각을 한 것은, 말하자면 호가호위(狐假虎威)와 비슷한 설정에서라고 할 수 있다. 즉 여우가 호랑이의 위세를 빌려 호기를 부린다.

  물론 그가 호랑이가 아닌 여우의 입장이 된다는 것은 상상만으로도 손발이 오그라든다. 그러나 그 호랑이가 조상태라면? 잠시 여우가 되어보는 것도 감수해 볼 만하겠다는 작정이 되는 것이다.

  그날 그가 직접 보고 실감한 조상태의 카리스마는 아직도 그의 뇌리에 생생히 남아 있다.

  그냥 겉모습으로 보기에는 딱히 비범하다거나 더욱이 그처럼 굉장한 무력을 지녔을 거라곤 전혀 짐작하기 어려운데, 막상 드러내는 그 엄청난 무력과 폭발적인 카리스마라니! 한창근 따위의 조폭은 감히 비교조차 할 수 없는 막강한 존재감이었다.

  같은 남자끼리 이상한 말일 수도 있겠으나, 그는 조상태에게 정말로 홀딱 반하고 말았다. 조상태가 곁을 지켜주는 한 그 어떤 상황에서든, 누구 앞에서든 당당할 수 있을 것 같다.

  그리하여 어쩌면 그동안 그가 최도준에 대해 가져온 콤플렉스마저도 후련하게 털어내 버릴 수 있을 거라는, 생각만으로도 통쾌한 기대감을 가져보게 되는 것이다.

  로열 파티

G클럽은 대형 클럽은 아니지만, 그 고급스러움과 화려함으로 강남 유수의 클럽 중에서도 톱클래스로 인정받는 곳이다. 오늘 하루 이곳은 일반 손님을 받지 않는다. 클럽이 통째로 임대되었기 때문이다.

지하 1층의 클럽으로 연결되는 전용 로비에는 경호원 차림의 십 수 명의 건장한 사내들이 일정 간격으로 배치되어 클럽으로 입장하는 손님들의 신분을 일일이 확인하며 밀착 안내를 하고 있다.

로열 파티가 대한민국의 재계와 정관계를 주무르고 있는 최상류층 자제들의 고급 비지니스 모임이자 초호화판 사교 파티인 만큼 보통 사람들의 상상을 초월하는 규모의 비용이 소요된다. 그러기에 주로는 재벌가 출신의 회원들이 돌아가며 주최하는데, 오늘의 주최자는 재계 서열 2위 H그룹 회장의 장손자인 서창기이다.

서창기는 지금 클럽의 입구에 서서 입장하는 회원들과 그들이 동반한 파트너들을 맞고 있는데, 짧게나마 인사와 담소를 주고받느라 사뭇 분주한 모습이다.

파트너 중에서도 그의 눈에 익숙한 얼굴들이 드물지 않은 건 회원들이 자신들의 위세를 과시하고 또 오늘의 파티를 즐기기 위해 제법 유명세가 있는 여자 연예인이나 모델들을 대동하기도 한 까닭이다.

조우(遭遇)

파티 참석자들이 속속 클럽 안으로 입장하는 중에 로비에
는 경호원들을 제외하고도 십 수 명의 인원이 진을 치고 있
다.

파티 참석자들을 따라온 수행원들인데, 쌍피도 이제부터
그들 중의 하나가 되어야 한다.

그런데 막 클럽 안으로 들어가려던 김강한은 설핏 아는 얼
굴 하나를 발견한다. 예의 그 로비에 진을 치고 있는 사람들
중에서다.

반듯한 양복 차림에 깔끔한 외모, 그런 데서 풍기는 지나치
다 싶을 만큼의 매끈한 분위기.

바로 윤 팀장이다.

강 형, 강수문에게 천락비결 등의 자료를 주고 해석을 독려
하던 그 윤 팀장.

한번 스스로를 믿어볼 작정

'하필 이런 자리에서 저자를 마주치다니……'

김강한은 영 켕기는 심정이 되고 만다.

도둑이 제 발 저리다는 격이랄까? 10억짜리 사기를 친 전

죄(前罪)가 있는 것이다. 물론 그 문제뿐이라면 사기를 칠 만해서 쳤다는 나름의 당위성에다 지금의 그는 예전의 그가 아니니 딱히 꿀릴 것까지는 없다고 할 것이다.

그러나 정작 문제가 되는 것은 그가 박영민에 대해 지금까지 펼쳐온 공작에 차질이 생길 수 있다는 점이다. 윤 팀장이 그를 알아본다면 말이다.

그러나 그는 오래 고민할 것 없이 이내 방향을 정한다. 역시 지금의 그는 예전의 그가 아닌 것이다. 신분이나 역량뿐만 아니라 외양에서도.

조상태로의 변신은 아직도 갈 길이 멀다고 해야겠지만, 그래도 본래의 그의 모습과는 제법 달라져 있다.

물론 자신할 만큼은 아니지만 그래도 한눈에 알아볼 만큼은 아니라는 생각이고, 그런 점에서 한번 스스로를 믿어볼 작정이 생기는 것이다.

안도

김강한은 오히려 티가 나도록 윤 팀장을 주시한다.

그런 그의 노골적인 시선을 느꼈는지 윤 팀장이 흘깃 그와 시선을 맞추어온다. 김강한은 아예 눈빛에 날을 세워 대놓고 째려준다. 무슨 감정이라도 있는 것처럼. 조상태다운 이미지와 분위기를 노골적으로 살리려는 것이다. 차갑고 날카로우며 영활하고도 집요해 보이는 눈빛, 실제 나이보다도 훨씬 더 노회해 보이는 느낌. 그런 것들 말이다.

윤 팀장은 크게 당황한 기색이다. 감히 마주치지 못하고 이내 시선을 회피하고 만다. 그리고 황급히 자신의 좌우를 돌아보는 모습에서는 자신이 혹시 뭘 잘못했는지, 혹은 상대가 노려보는 대상이 자신이 아니라 자신 주위의 다른 사람은 아닌지 등에 대해 당황한 중에도 재빨리 확인해 보는 기색이 읽힌다.

김강한이 그쯤에서 시선을 거두고 짐짓 무심한 분위기로 돌아가자, 윤 팀장이 조심스럽게 다시 그를 살피는 기색이다. 그리고 상대가 더 이상 자신에게 적대감을 가지지 않는다는 점에 대해 안도하며, 또 혹시 다시 시선이 마주칠까 우려하는 듯이 아예 몸을 다른 방향으로 돌려 버린다.

김강한 또한 가볍게 안도의 숨을 뱉는다. 윤 팀장은 일단 그를 알아보지 못하는 것 같다. 그리고 혹시 나중에 다시 볼 경우가 있더라도 방금 그가 심어준 조상태로서의 강렬한 인상이 우선적으로 작용할 것이다. 물론 그런 자리는 아예 만들지 않는 것이 상책이겠지만.

그런데 다시 문득 궁금해지는 것이 있다. 윤 팀장이 지금 이곳에 와 있다는 것은 그의 윗선, 즉 예의 그 대표라는 자를 수행해 왔다는 것 아니겠는가?

마침 박영민이 잠시 딴짓을 하고 있는 그에게 얼른 들어가

자고 재촉하기에 김강한이 슬쩍 눈짓으로 윤 팀장 쪽을 가리
키며 아느냐고 물어본다.

박영민이 수월하게 고개를 끄덕인다. Y—POP의 이런저런
모임이 있을 때마다 자주 보는 얼굴이다. 당연히 윤 팀장이
수행해 온 인물이 누구인지도 알고 있다.

그자

박영민은 김강한을 여기저기에 소개한다.

그러나 소개받는 사람들은 처음에 호기심을 가지다가 이내
덤덤하거나 시큰둥한 반응들이다.

하긴 그들이 사람을 판단하는 기준이 우선은 돈이나 스펙
일진대 조상태를 규정할 스펙이라야 그들 굉장한 스펙의 소유
자들로서는 들어보지도 못했을, 그리고 그 이름이 주는 어감
에서조차 전혀 대단하다는 느낌을 갖기는 어려운 '서해 개발
대표'라는 것에 불과하니 당연한 반응이라고 할 것이다. 그렇
다고 박영민이 '이 양반 주먹이 짱 세다' 하고 소개를 보탤 수
도 없는 노릇이고 말이다.

박영민이 또 한 사람에게로 그를 데려간다.

삼십 대 초중반쯤이나 되었을까? 중간 키에 호리호리한 체
구인데, 가지런히 빗어 넘겨 이마 위로 붙인 머리 스타일이 깔
끔하면서도 까다로울 것 같은 느낌을 주는 사내다.

'그자다!'

김강한은 곧바로 알아본다. 그때 S호텔 현관에서 한번 짧게 일별했을 뿐이지만, 그는 비교적 분명하게 기억할 수 있다. 바로 윤 팀장이 대표라고 칭하던 자이고, 천락비결과 천공행결, 그리고 천환묘결 등의 기이한 문건들의 원본을 소유한 자이기도 하다.

강하지만 느긋한 충동

"최도준입니다."

박영민에게 들어 이미 알고 있는 이름이지만, 다시 본인에게 직접 들으면서 김강한은 사뭇 감회가 새롭다. 어쨌건 최도준이라는 이름의 이 사내로 인해 그의 인생 방향이 또 한 번 크게 바뀐 것이니 말이다.

"조상태입니다!"

최도준의 눈빛이 설핏 묘한 빛을 띤다. 물론 자신이 먼저 간략하게 이름만 말했지만, 그렇다고 하더라도 상대는 반갑다느니 어디어디의, 혹은 무엇을 하는 누구라고 최소한의 성의를 붙여서 자신을 소개하는 것이 대개의 경우이다. 그런데 지금 이자, 조상태라는 자의 그와 마찬가지의 간단한 자기소개에서는 설핏 가벼운 도전의 기미까지 느껴지지 않는가?

그리고 그런 '기미'는 박영민도 사뭇 예민하게 느낄 수 있다. 더불어 그는 강한 충동도 함께 느낀다. 조상태가 얼마나 '짱 센지'를 공개하고 싶은. 그러나 그것은 강하지만 느긋한 충동이다. 최도준이 갖지 못한, 그리고 미처 알지 못하고 있는 뭔가를 지금 그가 갖고 있다는 데서 오는 느긋함이다.

또 하나의 조우(遭遇)

"안녕하세요? 선진 캐피탈 정호일입니다!"

박영민의 느긋함에 불쑥 끼어든 이는 최도준의 곁에 서 있던 자다.

그런데 순간 김강한은 흠칫 놀라고 만다. 최도준에게 주의를 집중하느라 그 곁에 선 사람에게는 미처 신경을 쓰지 못하고 있었는데, 막상 마주하고 보니 설핏 익숙한 느낌이 들어서다.

그렇다고 아는 사람이라는 건 아닌데, 꼭 어디선가 한번 본 적이 있는 것 같은 그런 느낌이다. 물론 단순한 착각일 수도 있겠지만, 역시 지금 그가 조상태로 행세하고 있는 탓에 반사적이다시피 놀라고 만 것이리라.

그런데 그 잠깐의 멈칫거림을 눈치챈 것인지 박영민이 슬쩍 팔을 건드리며,

"아는 사입니까?"

하고 나직한 소리로 묻는다.

김강한이 대답을 미루며 다시금 흘깃 정호일을 살핀다. 정

호일도 조금쯤 의아하다는 듯이 그를 보고 있다. 그러나 전혀 그에 대해서는 알지 못하는 기색이다.

김강한이 그제야 안도하며 정호일의 인사에 대한 한 템포 늦은 답례를 한다.

"반갑습니다. 서해 개발 조상탭니다."

똘마니

파티 참석자들과 대충의 인사를 끝낸 박영민과 김강한은 구석 쪽의 상대적으로 한가한 테이블에 자리를 잡고 와인 한 잔씩으로 간단히 목을 축이고 있다.

"아까 그 사람… 정호일이란 사람 말입니다. 뭐 하는 사람입니까?"

그 물음에 박영민이 설핏 의아한 기색이 되기에 김강한이 슬쩍 덧붙인다.

"내가 아는 어떤 사람과 많이 닮았는데, 성이 다른 걸 보면 형제간이나 그런 건 아닌 것 같고… 하하하! 괜히 궁금해지네요."

"아, 예. 뭐, 저도 예전에 한번 그런 경우가 있었습니다. 아무 관계도 없는 사람들인데 깜짝 놀랄 만큼 서로 너무 닮아서 말입니다. 하하하!"

박영민의 웃음소리가 조금은 어색하다. 그러면서도 그가 설렁설렁 얘기를 이어간다.

"정호일이라는 친군데… 사실 이런 자리에 낄 만한 위치는 아닙니다. 그 아버지가 무슨 그룹 회장이라는데, 큰 그룹은 아니고 그냥 조금 규모 있는 중소기업 몇 개를 거느리고 있는 정도랍니다. 듣기로는 예전부터 정권 실세에 돈을 좀 대고 있다고 하고요. 아마 그런 인연으로 최도준하고도 알고 지내는 것 같은데, 최도준이가 똘마니 비슷하게 항상 데리고 다니더니 오늘도 예외 없이 데리고 왔네요. 가만 있어보자……"

박영민이 잠시 뭔가를 떠올리는 시늉이더니 다시 말을 잇는다.

"그러고 보니 저 친구 무슨 캐피탈 회사를 운영한다던데, 그럼 조 형이 하시는 사업하고 분야가 비슷할 수도 있겠는데요? 경쟁 관계? 아님 협력관계가 되려나?"

박영민이 짐짓 흥미롭다는 표정을 지어 보인다.

그들만의 세상

가벼운 음악이 흐르는 중에 파티 분위기가 점점 달아오른다. 참석자들은 술잔을 든 채로 무대로 나가 가볍게 몸을 흔들기도 하고 또 삼삼오오 모여 자유롭게 얘기를 나누기도 한다. 그들 중 메인 그룹은 역시 박영민과 최도준이 주도하고 있다. 여기서도 SC그룹과 SP그룹은 존재하는 것이다.

사실 다른 때라면 박영민은 벌써 뒤로 빠지고 최도준이 SP그룹을 중심으로 파티의 분위기를 주도적으로 이끌어가고 있을 것이다.

그러나 오늘은 아니다. 박영민이 술도 적당히 취했지만, 심리적으로 조금도 위축이 되지 않는다. 최도준의 얘기에 적극적으로 다른 관점을 내고 반박도 하면서 분위기를 일방적으로 내주지 않는다. 역시 든든함 덕분일 것이다. 조상태가 그의 곁에 버티고 있다는.

그런데 화제가 시시껄렁한 일상사에서 점차 정치와 경제 전반에 걸친 것으로 확대되면서 대화가 더욱 뜨겁고 경쟁적으로 되어갈 때다.

"자자, 분위기 다운된 것 같으니까 좀 살리자고!"

최도준이다. 그의 외침에 기다렸다는 듯이 음악이 빠른 템포로 바뀌고 파티의 분위기가 빠르게 뜨거워진다. 술잔이 비워지고, 개중에는 공공연히 약이 더해진다. 벌써부터 질펀한 스킨십에 들어간 커플도 보인다.

이제 이곳은 그들만의 세상이다. 아무것도 거리낄 것이 없는 그들만의 세상이 질펀하게 펼쳐지고 있다.

제10장

청탁

주류(主流)의 근방

　서창기는 진작부터 기분이 다운되어 있는 중이다. 좀 전까지 주류(主流)들의 대화에서 소외되었을 뿐 아니라 지금 본격적인 파티의 어울림에서도 소외되고 있는 느낌은 마찬가지다.

　자신이 주류가 아니란 건 그도 굳이 부인하지는 않는다. 같은 멤버라고 할지라도 주류는 어디까지나 최도준과 박영민 등 최상위 권력층을 배경으로 둔 자들이다. 그는 다만 주류의 근방일 뿐이란 사실을 인정한다.

　그러나 그런 걸 인정하면서도 기분이 좋지 않은 건 그가 오늘의 파티 주최자이기 때문이다. 적어도 그가 쓴 돈만큼은, 그리고 저들을 즐겁게 해주기 위해 이런저런 신경을 썼다는 데 대해서는 합당한 정도의 대우와 배려가 있어야 할 것 아닌가? 오늘의 파티에 쏟아부은 돈이 대체 얼마인가 말이다. 잠시 주목을 받을 기회라도 한 번쯤 만들어주어야 하는 것 아닌가 말이다.

그가 특히 못마땅한 것은 박영민에 대해서다. 사실 그는 원래부터 박영민에 대해서는 별로 높은 평가를 하지 않았다. 물론 박영민의 배경이 무시할 만해서는 아니다. 다만 그 나름의 경제성의 논리에 의해서다. 즉 인맥으로는 최도준 하나면 충분하다는 판단에서이다. 다른 유형이라면 모르되 같은 유형의 인맥에서 2등의 인맥은 비용 대비 효과 측면에서 배제시키는 것이 마땅하다.

주변을 둘러보니 그와 비슷한 케이스라고 할 수 있는 아웃사이더 몇몇은 벌써 색다른 흥밋거리를 찾아서 주류들의 공간에서 이탈한 것 같다.

서창기는 파트너의 손을 잡아끈다. TV 단막극에 몇 번 얼굴을 비쳤다고 소속 연예 기획사에 비싼 값을 지불하고 데려온 소위 연예인이다. 그런 만큼 그녀에게는 다운된 그의 기분을 되살릴 의무가 있다고 할 것이다.

봉변

송유진은 당혹스럽다. 그녀는 지금 서창기와 단둘이 룸에 들어와 있다. 서창기는 이미 술과 약에 취한 모습이다. 그리고 무엇 때문인지는 모르겠지만 기분이 상해 있는 것 같고 점점 더 거칠어지고 있다. 그녀에게 무례한 행위도 도를 넘어서고 있다.

그러나 어느 정도까지의 선이라면 그녀도 굳이 뺄 생각은 아니다. 기왕에 각오를 하고 온 터이다. 서창기가 누구인가? 재계 서열 2위 H그룹 회장의 장손자로 장차 H그룹의 오너가 될 인물이다. 비록 하룻밤 파티의 유흥을 위한 파트너로 불려 온 처지에서 꿈에라도 감히 재벌가로의 입성을 꿈꿀 만큼 순진하진 않지만, 그래도 VIP 스폰서를 잡을 수 있는 기회는 될 수 있을 것이다. 다만 아직 뜨지 못했다고는 해도 그래도 이미 얼굴을 알리고 있는 연예인으로서 자존심이 아니더라도 함부로 다뤄지는 건 절대 삼가야 할 일이다.

"어멋!"

그녀가 뾰족한 비명을 내지르고 만다. 서창기가 와락 덮쳐 들며 키스를 시도해 왔기 때문이다. 놀란 그녀가 있는 힘껏 그를 밀쳐낸다. 취한 때문인지 서창기는 맥없이 소파 밑으로 굴러떨어지고 만다. 재차 놀란 그녀가 얼른 몸을 일으키며 그를 부축해 일으킨다. 서창기는 황당하다는 표정이더니 다짜고짜 그녀의 뺨을 후려갈긴다.

짝!

충격에 휘청 옆으로 쓰러지는 그녀의 머리채를 휘어잡으며 서창기가 소리를 질러댄다.

"야, 이년아! 너 따위가 감히 나를 거부해?"

머리털이 뽑히는 고통과 경악에 겨워하며 그녀가 무작정 애원한다.

"죄송해요! 잘못했어요!"

"너, 내가 누군지 몰라? 누군지 모르냐고?"

"알아요! 서창기……."

"그래, 이년아! 내가 바로 서창기다! 그런데 네까짓 게 감히 나한테 엿을 먹여?"

"잘못했어요! 제가 잘못했어요! 용서해 주세요!"

그녀가 무조건 용서를 빌지만 서창기는 증폭되는 화를 주체하지 못한다.

"이런… 씨발! 죽고 싶냐? 확 죽여줄까? 너 같은 것쯤 죽여서 쥐도 새도 모르게 파묻어 버리는 건 일도 아냐, 이년아!"

서청기의 두 눈이 희번덕거린다.

"살려주세요! 제발……!"

서창기의 광기에 질린 그녀가 절박하게 애원한다. 그러나 다음 순간,

"컥……!"

그녀는 숨 막힌 소리를 토해낸다. 서창기가 그녀의 목을 조

른 것이다. 버둥거리며 허우적거리던 그녀의 손에 마침 술병이 잡힌다.

픽!

술병이 박살 나고, 두 손으로 머리를 감싼 서창기가 뒤로 나가떨어진다. 그 틈에 송유진은 벌떡 몸을 일으키며 사력을 다해 룸의 문을 박차고 밖으로 달려 나간다.

"살려주세요!"

다급한 그녀의 부르짖음이 무대로부터 흘러나오고 있는 빠른 비트의 음악 소리에 묻혀든다.

살려주세요!

박영민은 귓가를 때리는 격렬한 리듬에 조금씩 몸을 싣고 있는 중이다. 술 몇 잔에다 조금의 약을 더하고 보니 슬슬 취기와 흥분이 올라오고 있다. 그러다 보니 자연히 조상태를 챙기는 데는 소홀해진다. 하긴 조상태는 그에게 든든한 배경으로 만족을 주면 되는 것인데, 지금 이 순간의 그는 딱히 배경이 없이도 충분히 만족스럽다.

김강한은 영 재미가 없다. 태생적으로 그와는 어울리지 않는 자들의 파티다. 시끄럽고 복잡한 틈에서 슬쩍 빠져나온 그는 아무도 없는 구석의 스탠딩 테이블로 간다. 음악 소리에서 조금 멀어진 것만으로도 한결 귀가 편안하다. 와인과 위스키

중에서 그는 위스키 한 잔을 따른다. 달콤하지만 밋밋한 와인보다는 거칠지만 화끈한 위스키가 취향에 맞다. 잔에 가득 찬 위스키를 털어 넣자 입안에서부터 목구멍까지 불이 붙는 듯하다. 독하다. 취기가 확 올라오는 듯하다. 그런데 그가 화끈한 목 넘김의 여운을 음미하고 있을 때다.

"살려주세요!"

다급한 외침과 함께 아가씨 하나가 달려오고 있다. 한눈에 봐도 늘씬한 미녀인데, 무슨 일인지 맨발에다 흐트러진 옷차림이 보기에 민망할 정도다.

김강한이 선뜻 참견을 하지 못하고 잠시 지켜보고 있는데, 이내 아가씨의 뒤를 쫓아오는 또 한 사람이 있다. 아까 소개받은 바에 따르면 오늘 이 파티의 주최자이자 H그룹의 직계라는 서창기다.

"저 탤런트 송유진이에요! 저 좀 살려주세요!"

아가씨가 대뜸 김강한의 옷자락을 부여잡고는 사정한다. 그가 탤런트 송유진은 알지 못하지만 젊은 아가씨가 다급하게 살려달라는데 아무리 이 파티에 관심이 없어도 그냥 모른 체할 수야 없는 노릇이다.

"무슨 일입니까?"

김강한이 묻자 그것이 자기편이 되어주겠다는 약속이라도 된다는 듯 송유진이 그대로 그의 품속으로 뛰어들며 다급하게 서창기 쪽을 가리킨다.

"저 사람… 저 사람이 절 죽이려고 해요! 저를 마구 때리고 목을 조였어요!"

이게 대체 뭔 소린가 싶은데, 송유진의 목을 보니 매끄럽고 새하얀 피부에 정말로 벌건 손자국이 나 있다.

남자가 해서는 안 될 행동

"야! 너 빨랑 이리 안 와?"

서창기가 숨을 몰아쉬며 외친다.

송유진이 기겁하며 황급히 김강한의 등 뒤로 숨으며 바짝 매달리듯이 그의 허리를 꽉 붙든다. 그런 그녀의 손이 부들부들 떨리는 느낌에서 그녀가 지금 얼마나 공포에 젖어 있으며 또 얼마나 간절히 그에게 기대고 있는지가 여실하다.

"얼씨구? 잘들 논다!"

실소하며 송유진과 김강한까지 싸잡아서 비아냥댄 서창기가 다시 차갑게 덧붙인다.

"이건 우리 둘… 남녀 간의 일이니까 그쪽은 괜한 간섭 하지 말고 자리 좀 비켜주면 좋겠는데?"

반말 투에다 은근히 강압하는 조다.

"무슨 일인지 모르겠지만, 여자한테 함부로 손을 대는 건 남자가 해서는 안 될 행동입니다!"

김강한이 담담하게 받는다. 그러나 직선적인 질책이 담겼기에 서창기가 취한 중에도 설핏 경계감을 가진다. 이건 뭔가 좀 익숙지 않은 상황이다.

"괜찮을 테니까 걱정하지 말고 잠시 저쪽에 가서 앉아 있어요."

김강한이 그렇게 말하고 다시 고개를 끄덕여 주고 나서야 송유진은 긴 다리를 휘청거리며 건너편 테이블로 간다.

그사이에 잠시 기억을 정리해 보던 서창기는 이내 상대가 누구인지를 떠올린다. 박영민의 동행으로 온 자다. 서해 개발 이라던가? 처음 들어보는 이름의 작은 투자회사를 운영하는 자라고 했다.

떨거지

"뭐야, 지금 이 상황? 이거 좀 재미있는데?"

서창기가 실실거리며 혼잣말로 뱉는다. 박영민까지를 염두에 두고 보자 그에 대한 못마땅함이 새삼 되새겨져서다. 그리고 불쑥 갑작스러운 흥미가 생겨나기도 하는데, 그 덕분으로 송유진으로부터 비롯된 화는 일시 수그러드는 듯하다.

그렇더라도 서창기가 우선은 건너편 테이블의 송유진을 향해,

"야! 너 거기 꼼짝 말고 있어! 내 허락 없이 한 발짝이라도 움직였다간… 확 매장시켜 버린다? 내 말 무슨 뜻인지 알지?"

하고 겁을 주는 것으로 우선 단속을 해둔다. 흥미는 흥미고 화는 화다. 흥미부터 채우고 나중에 다시 화도 풀어야 하는 것이다. 그게 그의 방식이다. 송유진이 대번에 잔뜩 겁을 집어먹는 모습은 익숙하면서도 만족스럽다. 그는 가볍게 실소하며 시선을 다시 눈앞의 사내에게로 준다.

"아까 인사는 한 것 같은데, 이름이… 뭐라고 했더라?"

여전한 반말 투에다 의도적으로 무시하는 태가 확연하다.

"조상태요!"

김강한이 간단히 받는다.

안 그래도 배알이 꼬여가는 참에 서창기는 새삼 기분이 확상하고 만다. 그가 그쯤 말을 걸었으면 상대는 저딴 식으로 허리를 꼿꼿이 펴고 건방진 태도를 보이면 안 되는 것이다. 고작 작은 투자회사나 하나 가지고 있는 같잖은 주제에 말이다. 박영민도 아니고 그를 따라온 하찮은 떨거지에 불과한 주제에 말이다.

'흐흐흐!'

서창기가 짧게 염두를 굴린다. 그가 박영민을 직접 어떻게 해보기란 사실 어렵다. 그러나 저따위 떨거지 정도야 적당한 선에서 잠시 가지고 논다고 해서 주제에 감히 반발할 엄두라도 내겠는가? 오히려 그렇게라도 그와 인맥을 트게 된 것을 감사해야 할 일이지.

"조상태! 음, 당신 말이야! 나이도 뭐, 나랑 별 차이가 없는 거 같은데, 내가 좀 편하게 대해도 되지?"

김강한은 여전히 무덤덤한 표정인 채로 서창기를 보고만 있다. 서창기가 피식 실소하며 다시 말을 뱉는다.

"왜? 싫어? 나이가 좀 많은가 보네? 에이, 사람이 살아가는 데 나이가 그렇게 중요한 건 또 아니잖아? 안 그래?"

김강한이 묵묵히 시선을 맞춘 채로 희미하게 웃어준다.

"이봐, 지금 웃는 거야? 왜 웃지?"

서창기가 가볍게 미간을 찌푸리며 묻는다. 그러나 김강한은 여전히 묵묵한 채로 웃음기를 짙게 만든다. 서창기의 눈에서 이윽고 확 불길이 일어난다. 이쯤 되면 비웃음이다. 노골적인 모욕이다. '고작 작은 투자회사 하나 가지고 있는 하찮은 주제'가 감히 그를 모욕하다니? 이건 결코 '적당한 선에서 잠시 가지고 노는' 정도로 끝낼 일이 아니다.

"이 새끼가 뭘 잘못 처먹었나? 왜 지 혼자 실실 웃고 지랄이야? 왜 웃느냐고 묻잖아, 개새끼야?"

서창기가 폭발한다. 그 갑작스러운 고함 소리에 사방의 시선이 일제히 쏠린다. 이어 고함 소리의 주인공이 서창기이며 그 대상이 조상태임을 확인한 시선들은 다시 박영민에게로 향한다.

그러나 시선의 집중에도 박영민은 짐짓 영문을 모르겠다는 시늉으로 그 역시도 그저 구경꾼으로만 있다. 조상태에게 뭔가 시비가 벌어진 모양이지만, 그로서는 말릴 생각이 전혀 없다. 사실은 이런 상황을 못 만들어서 섭섭하던 중이었으니 말이다. 흘깃 보니 최도준의 표정이 사뭇 흥미롭다는 것으로 변하고 있다. 그렇다면 그 역시도 당장 사태에 개입하지는 않을 것이다.

이게 흥미로움을 대하는 그들의 방식이다. 물론 그들은 흥미로움의 대상이 아니라 어디까지나 흥미로움을 즐기는 입장이다.

  말릴 이유를 딱히 찾지 못하고 있는 건지도

갑자기 클럽이 조용해진다. 누군가 재빠르게도 음악을 끈 모양이다. 그리고 다음 순간,

짝!

차라리 경쾌하기까지 한 파열음이 날카롭게 클럽의 적막을 깬다.

서창기는 두 눈을 부릅뜬다. 물리적인 충격도 충격이지만 정신적인 충격이 더 크다. 태어나서 처음 당해보는 경우일뿐더러 상상조차도 해보지 못한 상황이다. 그가 언제 뺨을 맞아본 적이 있겠는가? 더욱이 '고작 작은 투자회사나 하나 가지고

있는 하찮은 주제'에게 따귀를 맞다니? 다음 순간 그의 두 눈이 격분의 불길을 토해낸다.

"너… 너… 이 새끼! 지금 나 쳤니?"

그러나 다시 그 순간이다.

짜악!

다시 한번의 차진 따귀에 서창기의 머리가 홱 돌아간다.

짝!

짝!

따귀 치는 소리가 잇따른다. 그러나 누구도 선뜻 나서지 못한다. 따귀 치는 소리 외에는 클럽 안은 차라리 침묵에 휩싸인다.

혹은 누구도 굳이 나서지 않는 것일지도 모른다. 이 돌발적 상황이 주는 흥미진진함에 모두가 말릴 이유를 딱히 찾지 못하고 있는 건지도.

아직은 좀 더 뜸을 들여야 할 때

따귀 세례가 이윽고 멈춘다.

서창기는 입술이 터지고 코피가 터지고 양 뺨이 벌겋게 부풀어 오른 모습이다. 그런 중에 충격과 당황으로 멍하니 넋이 나가 있더니, 문득 정신을 추스른 듯이 그가 파르르 떨리는 목소리를 뱉어낸다.

"이……"

그러나 서창기는 감히 뒷말을 이어내지 못한 채로 화들짝 두 팔로 얼굴을 가리며 잔뜩 몸을 사린다. 김강한이 불쑥 손바닥을 치켜든 때문이다. 그러나 김강한이 다시 따귀를 치진 않고 슬며시 손을 내리는데, 그때다.

"형님, 무슨 일입니까?"

박영민이다. 그는 뒤늦게 당황스럽다는 기색이다. 그러나 그에게는 조상태의 돌발 행위에 대해 전후 사정을 따져보거나 나아가 질책하려는 의도가 조금도 없다. 다만 조상태와 그의 관계가 얼마나 밀접한지를 모두에게 확실하게 인식시켜 주고자 한다. 그런 것은 조상태에 대한 그의 호칭이 '조 형'에서 '형님'으로 갑자기 격상된 데서도 확연하다고 하겠다. 그런데 그때 다시 성큼 나서는 자가 있다.

"이봐요, 조상태 씨! 당신 지금 뭐 하는 짓이야? 여기가 어떤 자리인 줄 알고 함부로 주먹을 휘둘러?"

무겁게 가라앉은 호통이 제법 위압적인 그는 정호일이다.

박영민은 힐끗 최도준부터 살핀다. 정호일이 최도준으로부터 지시를 받고 나선 것임을 쉽게 짐작해 볼 수 있기 때문이다. 그렇지 않다면 정호일 자신도 마찬가지로 함부로 나설 자리는 결코 아닐 것이기에.

그러나 박영민은 이번에도 굳이 나서지 않기로 한다. 정호일이 나섬으로서 잘하면 상황을 그와 최도준의 대리전 양상으로 끌고 갈 수도 있어 보이기 때문이다. 그런 양상이야말로 그가 최상의 시나리오로 기대하는 바이다. 그러나 아직은 좀 더 뜸을 들여야 할 때다. 분위기가 최대한 농익을 때까지.

맞을 짓

"여기가 어떤 자린데? 난 맞을 짓을 하는 놈을 보면 못 참는 사람이야. 어떤 자리이건 상관없이 말이야."

김강한이 차분하게 정호일과 시선을 맞추며 뱉는다. 그 담담함에는 정호일이 설핏 당황스럽다. 그러나 그는 곧장 기세를 돋우며 와락 인상을 구긴다.

"아니, 뭐 이런 사람이 다 있어? 그리고 당신, 지금 누구한테 함부로 반말 짓거리야?"

"반말은 그쪽에서 먼저 하지 않았나?"

김강한이 여전히 덤덤한 투로 받고는 성큼 한 걸음을 내딛는다. 그 돌연한 기세에 정호일이 움찔하며 주춤 한 발을 뒤로 물러서고 말 때다.

"형님, 잠깐만! 잠깐만 좀 진정하세요!"

지켜만 보고 있던 박영민이 슬쩍 나서며 조상태의 옷자락을 잡아당긴다. 물론 말리려는 건 아니다. 그저 시늉에 불과하다. 그런데 자못 거칠게 치고 나갈 기세이던 조상태가 못 이기는 체 뒤로 물러나 버린다. 박영민은 흘깃 최도준의 눈치부터 살핀다. 이렇게 간단히 수습되어서야 영 재미가 없어져 버린다. 최도준 쪽에서 다시 불씨를 살려줄 만도 한데……. 그러나 최도준은 지금의 상황에 대해 여전히 흥미로워하는 기색인 것 같으면서도 막상 쉽게 나설 기미는 보이지 않는다.

그런데 박영민이 기대하던 불씨는 다른 곳에서 생긴다. 누군가 상황을 밖으로 알렸는지 경호원쯤으로 보이는 사내들이 우르르 클럽 안으로 몰려들고 있다.

죽여 버려!

"괜찮으십니까?"

급하게 다가서며 묻는 손호준을 보는 순간 서창기는 비로소 안도를 느낀다. 손호준의 뒤로 다시 세 명의 경호원이 버티고 서 있다. 하나같이 단단한 덩치에 몇 가지 무술에 두루 능통한 무술 유단자들이다. 서창기의 잔뜩 얼어붙은 몸이 겨우 풀리며 그의 내부 깊숙한 곳에 억눌려 있던 모멸감과 분노가 활화산처럼 터져 나온다.

"저 새끼, 저 새끼, 죽여 버려!"

울부짖음에 가까운 서창기의 외침에 손호준은 당황스럽다. 이미 대강의 상황은 듣고 온 길이지만, 엉망이 된 서창기의 얼굴만으로도 지금 그가 어떤 심정일지 충분히 짐작할 만하다.

그러나 손호준은 신중하지 않을 수 없다. 그는 경비업체

KST의 팀장으로 오늘 이 파티의 보안 책임자다. 서창기는 KST의 VIP 고객 명단에도 올라 있지만, 오늘은 더욱이 그의 직접 고객인 것이다. 고객이 이성을 잃을 정도로 흥분한 만큼 그라도 냉정하게 전후의 사정을 살펴가며 최선의 대응을 해야만 한다. 이 파티의 참석자 중 누구 하나 대단하지 않은 사람이 없다는 걸 잘 아는 터이니, 서창기가 막무가내로 분노를 터뜨려서 좋을 것은 없다는 판단이다. 더욱이 지금 서창기는 술과 약에 취한 모습이지 않은가?

"일단 진정부터 하시는 게 좋겠습니다!"

손호준이 완곡하게 충언한다. 그러나 그의 신중한 충언은 오히려 서창기로 하여금 그나마 조금 남아 있던 이성의 끈을 완전히 놓아버리게 만든다.

"뭐? 진정을 해? 이런 건방진! 야, 이 새끼야! 니가 뭔데 지금 누굴 보고 진정하라는 거야? 내가 누군지 몰라? 오늘 너를 산 사람이야! 니 주인이라고! 넌 그냥 내가 시키는 대로 하면 되는 거야! 내가 죽이라고 하면 그냥 죽여 버리면 되는 거라고! 알았냐?"

조용히 따라오시겠습니까, 아니면

손호준의 표정이 설핏 일그러진다. 머릿속에서 모멸감과 자존심이 치열하게 부딪치고 있다. 그러나 그는 이내 표정을 추스른다. 오늘의 이 경호 용역에 걸린 돈과 앞으로도 계속 이어나가야만 할 H그룹과의 관계, 그리고 그를 믿고 일을 맡긴 KST의 상사들과 동료, 부하들의 얼굴들이 스쳐 지나간 때문이다.

"알겠습니다! 처리하겠습니다!"

손호준이 무겁게 뱉는다, 그러곤 곧장 몸을 돌려 김강한에게로 향한다. 그런 그의 뒤로 세 명의 사내가 재빨리 따라붙는데, 절제된 모습들만으로도 잘 훈련된 자들이다.

"조용히 따라오시겠습니까, 아니면 이 자리에서 공개적으로 비참한 꼴을 당하시겠습니까?"

손호준이 묵직한 저음이 으르렁대는 듯하다. 그러나 김강한은 그저 무덤덤한 시선으로 받을 뿐이다. 손호준이 지체 없이 김강한의 어깨를 잡아채 간다. 순간 김강한은 상대의 손길을 간단히 젖혀내며 그 기세 그대로 팔꿈치를 돌려 친다. 별 특별하게 보일 것도 없는 그저 간단하고도 가벼운 몸짓이다. 그러나,

퍽!

피하려는 몸짓도 해보지 못하고 그대로 관자놀이를 가격당한 손호준이 비명도 뱉지 못한 채로 그 자리에 푹 고꾸라진다. 그 광경에 뒤에 서 있던 세 명의 경호원이 멈칫 경직되고 만다. 손호준의 무술 실력을 잘 아는 그들인 만큼 전혀 예상하지 못한 상황인 것이다. 그러나 그들은 즉각 김강한의 주위

를 둘러싸는 한편으로 무전기의 긴급 버튼을 눌러 바깥 로비
에서 대기 중인 동료들에게 비상사태를 알린다.

또 한 사람의 절대 고수

KST 소속의 경호원 십여 명이 다급하게 홀 안으로 달려 들
어오고 있다.

그 광경을 김강한이 그저 덤덤히 바라보고 있는데, 그의 그
런 태연함에 대해 박영민은 차라리 흐뭇한 심정이다. 좀 전의
액션도 짜릿했지만 너무 짧았다. 마치 예고편처럼. 그러나 이
제 저들 십여 명의 충원된 자들을 상대로 조상태가 혼자서 펼
칠 스펙터클한 액션이야말로 그가 기대해 마지않고 있는 진짜
배기의 본편이라고 할 것이다. 그러나 그때다.

"대표님!"

클럽 안이 쩌렁하도록 우렁차게 외치며 누군가 바람처럼 달
려 들어오고 있다. 박영민도 아는 자다. 바로 조상태의 수행
비서.

쌍피가 그의 앞에 버티고 서는 걸 보고 김강한은 슬쩍 뒤
로 물러선다.

"뭐 해, 새끼들아! 저놈들, 둘 다 죽여 버려! 죽이라고!"

서창기가 광기마저 비치며 소리를 질러댄다. 그것에 떠밀리
기라도 하듯이 경호원들이 일제히 앞으로 치고 나온다.

박영민은 한 편의 무협영화를 보고 있는 느낌이다. 가히 절대 고수다. 조상태의 수행 비서 말이다. 한줄기 바람처럼 홀연히 나타나 어지러운 무림을 평정하는 난세의 절대 영웅처럼 그는 지금 일진광풍이 되어 클럽 안을 휩쓸고 있다. 사마(邪魔)의 무리는 추풍낙엽처럼 나가떨어지고 있다.

박영민은 마치 자신이 절대 고수가 되어 강호의 난적들을 무찌르는 상상에 빠져들며 카타르시스에 젖어본다. 그러는 사이에 열 몇 명이나 되는 사마외도(邪魔外道)는 차례로 바닥에 나뒹굴고, 또는 전의를 완전히 상실하고 절뚝거리며 뒤로 물러나고 있다. 그렇게 클럽 안의 난세는 완전히 평정된다.

'아아!'

박영민은 내심 탄성을 금치 못한다. 세상은 넓고 강호에는 숨은 고수들이 많다고 하더니 조상태의 바로 곁에 또 한 사람의 절대 고수가 숨어 있을 줄이야!

나의 것으로 삼고야 말리라!

"경찰에 신고해야 되는 거 아네요?"

가까이에서 들리는 나직한 여자의 목소리가 카타르시스의 여운을 깨버리는 바람에 박영민이 다분히 신경질적으로 휙 옆을 돌아본다.

J그룹 오너의 차남(次男) 정도훈이 데려온 파트너. 박영민

의 곱지 않은 시선을 받은 정도훈이 흠칫하고는 자신의 파트너를 힐책한다.

"무슨 소리야? 지금 경찰이 여기 오면 무슨 일이 벌어질지 몰라서 그래? 여기 있는 사람들이 어떤 위치와 신분인지 몰라서 그딴 소리냐고?"

여자가 움찔 움츠러드는 걸 보면서 박영민은 결심 하나를 굳힌다.

'무슨 수를 써서라도 조상태를 나의 사람으로 만들고야 말리라. 그리하여 저 두 명의 절대 고수와 그들이 가진 포스와 카리스마를 나의 것으로 삼고야 말리라!'

어떻게 죽여줄까?

"어이, 거기! 이리 좀 와보지? 불알 찬 사내새끼라면 자기가 벌여놓은 일에 대해서는 책임을 져야지?"

김강한의 지목에 안 그래도 바짝 오그라들어 있던 서창기가 사색으로 변하고 만다. 그러더니 그는 아예 다리가 풀린 듯이 그 자리에 주저앉고 마는데, 쌍피가 성큼성큼 다가가 그의 목덜미를 잡아채서는 김강한의 앞으로 끌고 와 무릎을 꿇린다.

"그쪽에서 날 죽이려고 했으니 이제는 내가 그쪽을 죽일 차례겠지? 자, 어떻게 죽여줄까?"

서창기의 몸이 덜덜 떨리고 있다. 미처 다 깨지 않은 약기운과 술기운은 이제 흥분 대신 공포를 마구 키워내고 있다. 그의 간절한 눈빛이 박영민에게로 향한다. 그러나 박영민이 짐짓 모른 체 외면하자 그의 시선은 다시 최도준에게로 향하며 구원을 갈구한다.

누구에게나 똑같이 적용되는 것

"조상태 씨, 당신 입장에서는 화가 날 만도 하겠다는 건 이해할 만합니다. 그렇지만… 지금 당신 앞에 무릎을 꿇고 있는 사람이 누군지 모르지 않는다면 이 정도쯤에서 적당히 수습하는 게 서로에게 좋지 않겠소? 다른 모두의 입장을 봐서라도 그렇겠고……."

최도준이 희미하게 웃음기를 머금고 하는 말이다. 김강한이 또한 희미하게 실소하지만, 이내 무표정으로 되며 가만히 최도준을 응시한다. 그런데 그것이 마치 노려보는 듯이 보이기도 해서 최도준이 어깨를 으쓱하며 말을 보탠다.

"당신이 아까 말했지 않소? 자기가 벌여놓은 일에 대해서는 책임을 져야 하는 거라고. 그런데 그건 누구에게나 똑같이 적용되는 것이지 않겠소?"

그리고 최도준은 입을 닫아버린다. 서창기가 간절한 눈빛을 보내보지만, 최도준은 가볍게 고개를 흔들고는 아예 시선을 돌려 버린다. 자신이 할 수 있는 일은 다 했다는 듯한 그의 그런 모습에 서창기가 이윽고는 절망스러운 모습이 되고 만다.

앞으로는 함부로 살지 마라!

"바로 서라!"

김강한의 말에 서창기가 엉거주춤 허리를 세우며 곧장 애원부터 늘어놓는다.

"아아, 잠깐만! 우리 이러지 말고 말로… 말로 해결합시다! 나한테… 원하는 게 뭡니까?"

"왜? 원하는 걸 말하면 다 들어주나?"

"아, 물론입니다! 뭐든 다……!"

"이미 말했을 텐데? 니가 날 죽이려고 했으니 이제는 내가 널 죽이겠다고. 그게 내가 원하는 거야. 그러니까 찌질하게 굴지 말고 남자답게 죽자."

"아아, 도대체… 저한테 왜 이러시는 겁니까?"

공포에 질린 서창기가 주춤주춤 뒷걸음질을 치면서 절박하게 주변을 돌아본다. 그러나 그를 위해 나서려는 이는 아무도 없다. 어차피 자신들과는 무관하다는 것이리라. 그런데 그때다.

"형님, 참으십시오. 절 봐서라도 좀 참으세요."

박영민이 짐짓 조심스럽게 김강한의 앞을 가로막고 나선다.

순간 김강한이 인상을 확 그리지만 애써 마음을 진정시키는 시늉으로 길게 숨을 내쉰다.

"후!"

그러고는 잠시 박영민과 시선을 맞춘 뒤 다시 서창기를 향하며 천천히 말을 뱉는다.

"가라. 영민 동생 체면을 봐서 살려준다. 그러나 앞으로는 함부로 살지 마라. 나 같은 사람을 언제든 다시 만날 수 있으니 말이다."

"아아!"

서창기의 입에서 긴 안도의 탄식이 흘러나온다.

우월감

박영민은 내부로부터 가는 떨림이 일어나는 것을 억제할 수가 없다.

희열이랄까, 쾌감이랄까?

우월감이다.

이처럼 공개적인 자리에서 모두가 지켜보는 중에 맘껏 누려보는 완벽한 우월감.

그리고 결국은 최도준에 대한 우월감이다. 그가 처음으로 느껴보는.

조상태가 유유히 걸어서 클럽을 나서고 있다. 누구도 감히 그 앞을 막지 못한다.

조상태의 수행 비서가 뒤를 따르고, 다시 그 뒤를 박영민은 성큼성큼 힘이 실린 걸음걸이로 따라붙는다.

어허, 당신이 왜 나서?

"형님, 정말 죄송하게 됐습니다! 제 딴에는 감사의 뜻으로 마련한 자리였는데, 오히려 형님 기분만 상하게 해드린 결과가 되고 말았습니다!"

일이 그렇게 된 게 제 탓이라도 되는 양 박영민이 크게 미안한 태를 낸다. 클럽을 나와서 괜찮다는 김강한의 손을 기어코 잡아끌고 들어온 어느 카페에서다.

"허 참, 인맥이나 좀 쌓을까 해서 갔다가 인맥은커녕 미운털만 잔뜩 박히고 말았네."

김강한이 농담인 듯이 실소하며 짐짓 투덜대는 소리로 장단을 맞추자, 박영민이 다시금 고개까지 숙이며 사과를 보탠다.

"죄송합니다, 형님! 제가 신중하지 못했습니다!"

그런 데는 김강한이,

"하하하!"

소리 내어 웃으며 손을 내젓는다.

"그냥 농담입니다. 이제쯤 짐작하겠지만 난 사실 그깟 인맥

같은 건 별 신경 쓰지 않고 사는 사람입니다. 당연히 무슨 목적을 가지고 온 것도 아니고요. 그냥 아우님의 성의를 계속 모른 체할 수는 없어서 나온 것일 뿐이니 그렇게 신경 쓰지 않아도 됩니다."

"아닙니다. 제가 또 빚지고는 못 사는 사람이란 거 아닙니까? 지난번의 큰 도움에 이어 이번에는 또 큰 폐를 끼쳤으니 형님께 뭔가 최소한의 보답이라도 해드리지 않는다면 제 스스로가 견디기 힘들어질 겁니다."

그러더니 서창기는 짐짓 의미심장한 빛으로 싱긋이 웃으며 다시 말을 잇는다.

"난 형님이 좋아졌습니다. 정말입니다. 박력 넘치고, 화끈하고, 시원시원하고. 저하고 형님 동생으로 진짜 오래가는 사이가 됐으면 좋겠습니다. 그런 의미에서라도 형님을 위해 제가 할 수 있는 일 하나는 꼭 해드리고 싶은 마음입니다. 그게 뭐라도. 제 힘으로 안 되면 저희 아버지 힘을 빌려서라도 말입니다. 하하하! 저야 뭐 솔직히 별 볼 일 없는 처지지만, 저희 아버지는 제법 잘나가는 분이거든요. 혹시 뭐 사업하시는 데 애로 사항이라든지, 하여튼 필요한 사항이 있으면 말씀을 해 주십시오. 장담은 못 드리겠지만 제가 최대한으로 힘을 한번 써볼 테니까요."

김강한이 빙그레 웃으며 가볍게 고개를 가로젓는다.

"아우님의 그 마음만 고맙게 받도록 하지요. 내가 무슨 대

단한 사람은 아니지만, 아직까지는 다른 사람에게 뭘 부탁해
야 할 만큼 딱히 부족한 것도 없어서 말입니다. 하하하! 어쨌
든 아우님의 성의는 정말로 고맙게 생각합니다."

그때다. 지금껏 얌전히 앉아만 있던 쌍피가 짐짓 조심스러
운 기색으로 슬쩍 끼어든다.

"대표님, 저렇게까지 말씀하시는데 그 건에 대해서 한
번……."

"어허, 당신이 왜 나서?"

김강한이 곧바로 정색하며 면박을 주자, 쌍피가 움찔 오그
라들며 대번에 쑥 들어가고 만다.

그의 지금 저 능글맞음

"뭔데요?"

박영민이 솔깃하며 묻는 말에 쌍피가 힐끔 김강한의 눈치
부터 본다.

"괜찮습니다. 말해보세요. 얘기를 들어서 나쁠 건 없지 않
겠어요?"

박영민이 크게 고개까지 끄덕여 보이며 재촉하는 데는 쌍피
가 한 번 더 김강한의 눈치를 보는 시늉 끝에 슬그머니 말을
흘려낸다.

"사실은… 지난번 우리 대표님과 통화하실 때 아버님께서

국회의원이시라는 말씀이 나왔기에 제가 호기심에 인터넷으로 한번 찾아봤습니다. 그런데… 그냥 국회의원이 아니시고 국회 법사위원장님이시더라고요?"

박영민이 멋쩍게 웃으며 확인해 준다.

"맞습니다."

"사실은……."

쌍피가 같은 말로 화두를 떼어놓고는 지레 긴장이라도 된다는 듯 입술에 침을 묻히며 다시 말을 잇는다.

"우리 대표님과 아주 가까운 분이 지금 교도소에서 복역 중인데… 아버님께서 국회 법사위원장님이시면 교도소 쪽으로도 어떻게 좀 힘을 써주실 수도 있지 않을까 하는 생각이 들어서 말입니다."

"어허, 이 사람이 정말 별 얘기를 다 하고 있어? 국회의원이 고작 그런 일이나 하는 자린 줄 알아?"

김강한이 버럭 역정을 내는데, 박영민이 슬쩍 쌍피의 역성을 들어준다.

"기왕에 얘기가 나왔으니 무슨 사정인지 일단 마저 들어나 보도록 하죠. 그래, 그분은 무슨 일로 교도소엘……?"

쌍피가 재빨리 받는다.

"아주 평범하고 성실하고 또 착하신 분인데… 트럭 운전하는 일을 하다가 잠깐의 실수로 교통사고를 냈답니다. 사람이 여럿 죽는 바람에 과실치사로 10년 형을 선고받았는데, 이미

3년 정도는 형을 살았고. 교도소 안에서 아주 최고의 모범수로 복역하고 있는 중이랍니다. 그런데 그분 노모께서 병환이 깊은데 돌아가시기 전에 아들 출소하는 걸 보는 게 소원이라고 매일같이 눈물 바람인 게 안타까워서 어떻게 하루라도 형기를 단축시킬 방법이 없나 하고 우리 대표님께서 이리저리 알아보고 계시는 중입니다만, 이게 별 뾰족한 방법이 없는 문제더라고요? 그런데 마침 아버님께서 국회 법사위원장님이시라니까 제 짧은 생각에는 그분이 강력범도 아니고 또 무슨 정치사범도 아닌, 그냥 실수로 사고를 낸 단순 과실범에 불과하니 혹시 아버님께서 힘을 좀 써주실 수만 있다면… 어쩌면 이번 광복절에라도 특별사면 같은 걸로 출소를 할 수 있는 방법이 있지 않을까……. 물론 이건 어디까지나 아는 것도 없는 주제에 저 혼자만의 어림없는 생각입니다만, 그냥 그렇게 될 수만 있으면 참 좋겠다는 마음에서 조심스럽게 드려보는 말씀입니다."

김강한이 내심 감탄스럽다 못해 놀랍다. 저런 것도 할 줄 아는 사람이었던가? 쌍피 말이다. 그의 지금 저 능글맞음 말이다.

나랏일에 바쁘신 분께

"그런데 그분과 형님은 어떤 관곕니까?"

묵묵히 듣고 있던 박영민이 불쑥 묻는다. 새삼스럽게 힐끗 김강한의 눈치를 보며 쌍피가 얼른 대답한다.

"우리 대표님께서 정말 마음으로 아끼시는 후배가 하나 있는데, 그 후배의 친형입니다. 대표님도 최근에야 그런 사정을 들으시고 백방으로 도울 방법을 찾고 있는 중에 마침 아버님 말씀을 하시기에……."

쌍피의 말이 리바이벌 모드로 들어갈 태세인 것을 박영민이 선뜻 고개를 끄덕이며 자른다.

"일단 알겠습니다. 방법이 있는지 제가 한번 알아보도록 하죠."

김강한이 잔뜩 인상을 찡그리며 손을 내젓는다.

"어허, 그러지 마세요! 나랏일에 바쁘신 분께 괜한 일로 누를 끼쳐서야 되겠습니까?"

"하하하! 알겠습니다, 형님! 그럼 그냥 듣기만 한 걸로 하겠습니다!"

박영민이 웃으며 가볍게 받아넘긴다.

제1장
—

부탁

살다 보면

"이름이 뭐야?"

"진… 초… 희."

"진초희?"

"응. 당신… 은?"

"난… 김강한."

"김… 강… 한……."

참을 수 없는 욕정과 그 욕정에 맞서 저항하려는 치열한 갈

등 속에서 그녀와 나눈 얘기들이 문득 생생해진다.

그들은 열락의 합일을 이루었고, 쾌락의 능선을 몇 번이나 함께 넘었다. 그러나 쾌락의 순간들을 되새겨보고 있는 건 아니다. 광포(狂暴)하기까지 한 수차례의 폭풍이 지나간 후 둘이 함께 죽은 듯이 누워서 공감한 느낌에 대해 되새겨보고 있는 거다.

똑같은 상황이 두 번씩이나 반복되었다는 데 대해 그것이 지독한 악연이거나, 아니면 차라리 피할 수 없는 어떤 숙명 같다는 느낌, 그리고 알 수 없는 무언가를 서로가 함께 나누어 가지고 있는 듯한 어떤 동질감이었다, 그것은.

쑥스럽다. 그렇지만 불쑥 궁금해진다. 악연이건 숙명이건 어쨌든 결코 보통의 인연은 아니라고 할 것인데, 그때 이후로는 소식을 통 모르고 있다. 그로서는 연락을 해볼 방도도 없고.

'쌍피에게 좀 알아보라고 할까?'

김강한이 설핏 그런 생각을 해본다. 굳이 만나보고 싶다는 것까지는 아니고, 다만 도대체 어떤 내력의 여자인지는 알아보고 싶은 마음이다.

그러나 그는 이내 고개를 가로젓는다. 쌍피에게 그런 걸 시킨다는 것은 곧 이철진에게 부탁하는 셈이 될 텐데, 그렇게까지 할 건 또 아니라는 생각에서다.

'살다 보면 언젠가 또 만날 날이 있겠지.'

그때 그 사내

부르르!

휴대폰에 진동이 온다.

김강한은 괜스레 긴장이 된다. 쌍피에게 받아놓은 뒤로 그냥 장식품에 불과하던 물건인데, 처음으로 전화가 걸려온 까닭이다.

"여보세요!"

"아, 조상태 대표님?"

"그렇습니다만……?"

설핏 당혹스럽고도 의아한 심정으로 김강한이 반문한다. 그를 '조상태 대표'라고 부를 사람이라야 손에 꼽을 정도인데, 누구인지 퍼뜩 짐작이 되질 않는다.

"저, 중산입니다."

"중산?"

"그때 호텔에서 저희 아가씨를 구해주셨을 때……."

"아!"

김강한은 그제야 상대가 누구인지를 확연히 기억해 낸다.

그녀 진초희의 경호원 내지는 수행원 격으로 보이던 그때 그 사내다.

부탁

시내의 한 아담한 레스토랑에서 김강한은 중산과 마주하고 있다. 중산이 만나기를 청한 데 대해 그로서는 딱히 거부할 이유가 없기에 만나자고 한 것이다. 사실은 그녀의 소식이 궁금하다는 이유도 약간쯤(?) 있기도 하고.

"그래, 무슨 일로 날 만나자고 한 겁니까?"

김강한이 무덤덤하니 말문을 연다.

"먼저 대표님께서 귀한 시간을 내주신 데 대해 감사드립니다. 제가 뵙자고 청을 드린 건… 저희 아가씨와 관련하여 간곡한 부탁을 드리기 위해서입니다."

중산의 조금쯤 어눌한 느낌의 발음은 여전하다. 정중하고 공손한 태도도. 어쨌거나 내심 진초희에 관한 소식을 기대하고 있던 바이기에 김강한은 곧바로 솔깃해진다. 다만 그렇더라도 짐짓 건조한 투로 받는다.

"무슨 부탁인지 모르겠지만… 우선 그 부탁이라는 거, 당신이 하는 겁니까, 아니면 당신네 아가씨가 하는 겁니까?"

묻고 나니 김강한이 또 사뭇 유치해지고 마는 기분이다. 중산 역시도 설핏 당혹스러운 기색이 되어서는,

"아, 저희 아가씨께서 직접 하시는 건 아닙니다만……."

하고 말을 늘인다. 김강한은 대번에 실망스럽다. 이어 까닭 모를 섭섭함이 들기도 하기에 그가 간단히 중산의 말을 자르

고 들어간다.

"하긴 당신네 아가씨하고 나하고 두어 번 만나기는 했지만, 그거야 뭐 어쩌다 보니 일이 좀 이상하게 풀리는 바람에 그렇게 된 것일 뿐이고, 특별히 친하거나 각별한 사이는 아니지요. 흠, 그러니까 우리… 부탁 같은 건 웬만하면 하지도 말고 받지도 않는 걸로 합시다. 괜히 서로 부담스럽잖아요?"

중산의 표정이 확연히 무거워진다.

"사실은… 저희 아가씨께서 지금 몹시 위태로운 지경에 처해 있습니다. 아가씨를 둘러싼 사정들이 시시각각 긴박하게 변해가고 있는데, 제 능력으로는 도저히 감당할 수가 없고 그렇다고 달리 도움을 받을 데가 마땅히 있는 것도 아니어서… 고민 끝에 대표님께 한번 도움을 청해보려고 뵙자고 한 겁니다."

그녀가 위태롭다는 말에는 김강한이 그 전후 사정이 어떻게 된 건지는 차치해 두고 당장에 신경이 확 쏠린다.

당신들, 그렇게 부자였어?

"도와주신다면 사례는 최대한으로 하겠습니다."

중산이 그 말은 하지 않았으면 좋을 뻔했다. 김강한의 심사를 다시금 슬쩍 틀어지게 만들어놓으니 말이다.

"사례? 돈이라도 주겠다는 거요?"

"그렇습니다. 저희 아가씨를 안전하게 보호만 해주신다면 사례금은 원하시는 만큼 드리겠습니다."

김강한이 이윽고는 실소하고 만다.

"후훗! 이 양반, 말 한번 쉽게 하네? 당신들, 그렇게 돈이 많아? 내가 얼마를 요구할지 알고 원하는 대로 주겠대?"

그런데 반말 투로 바뀐 것만으로도 김강한의 심사가 꼬였다는 것을 눈치챌 만도 한데, 중산은 여전히 진지하기만 하다.

"얼마를 드리면 되겠습니까? 10억?"

큰돈이지만 그만큼이야 가져보기도 한 김강한이다.

"후훗! 돈이라면 나도 먹고사는 데 모자라지 않을 만큼은 있는 사람이야!"

김강한의 반응이 시큰둥한 데 대해 중산의 제안이 곧바로 바뀐다.

"100억을 드리면 되겠습니까?"

그런 데야 김강한이 차라리 당황스럽다. 심사가 좀 꼬여 있는 중이기는 하지만, 100억은 또 다른 차원의 얘기인 것이다.

"100억을 주겠다고? 당신들, 그렇게 부자였어?"

그 여자, 대체 정체가 뭐야?

김강한이 새삼 궁금해진다. 도대체 무슨 사정이기에 보통 사람으로서는 실감조차 어려울 100억이라는 거금을 간단히 제시하는지, 그리고 그런 거액을 사례금으로 제시할 거라면 왜 도움을 청할 사람이 그밖에 없다고 하는지.

"그런데 왜 하필 나야? 그 정도 돈이면 다른 방법도 얼마든지 있을 텐데?"

그 말에서 김강한이 그제야 긍정적인 반응을 보이는 것으로 이해했는지 중산이 조금쯤은 여유를 되찾는 기색이다.

"아가씨에게 위협을 가하고 있는 상대가 너무 강하고 거대하기 때문입니다. 그자들이 누구인지 알고 나서도 저희를 도와주려고 할 사람은 없을 것이기 때문입니다."

이건 또 무슨 소린지. 김강한이 가볍게 실소하며 묻는다.

"이거 얘기가 좀 재미있어지네? 일단, 너무 강하고 거대하다는 그자들이 누군데?"

질문을 받은 것만으로도 중산의 얼굴이 어두워진다.

"나카야마카이입니다."

"나카야마? 그게 뭐 하는 건데?"

"일본 3대 야쿠자 조직 중의 한 곳입니다."

"야쿠자?"

나카야마카이니 뭐니 하는 건 무슨 소린지 모르겠지만, 야쿠자라는 소리에는 김강한이 설핏 뜨악하다. 그런 중에 중산이 무겁게 말을 보태고 있다.

"그들이 아가씨를 노리고 곧 한국으로 들어올 것 같습니다."

얘기가 그쯤 되고 보니 김강한이 차라리 어이가 없어진다.

"나 이거 참. 당신네 아가씨라는 그 여자, 대체 정체가 뭐야? 도대체 뭘 하는 여자이기에 일본 야쿠자에게까지 위협을 당하고 있다는 거야?"

그 여자도 참 어지간히 팔자가 사납군!

그녀는 야쿠자의 딸이다. 그것도 일본에서 3대 조직 안에 들어가는 거대 야쿠자 조직인 나카야마카이의 당대 총오야붕 나카야마 미사루의 딸이다. 나카야마 미사루는 한국계로, 진일남이라는 한국 이름도 가지고 있다.

진초희는 나카야마 미사루, 즉 진일남이 숨겨진 연인과의 사이에서 낳은 딸이다. 그렇지 않아도 위험한 조직 생활에 일본인 정실부인의 질시까지 심한 까닭에 진초희는 어렸을 때 그녀의 친모와 함께 한국으로 보내졌다.

진일남은 그와 개인적으로 각별한 인연이 있던 세일 그룹의 장세한 회장에게 진초희 모녀를 보살펴 달라고 부탁했다. 그런 까닭에 세일 그룹 주변에서는 한때 그녀가 장 회장의 숨겨진 딸이라는 은밀한 소문이 돌기도 했다.

삼 년 전 진초희의 어머니가 지병으로 세상을 떠났다. 그에 진일남은 심복인 중산을 한국으로 보냈다. 혈혈단신의 외로운 처지가 된 진초희를 보살피게 하고, 더욱이 자신 또한 노환이 깊어가는 중에 그의 후계를 도모하는 아들이 이복동생인 진초희의 존재를 지워 버리려 할 수도 있다는 판단에서였다.

바로 얼마 전 진일남은 갑작스럽게 죽음을 맞았고, 생전에 작성하여 공증을 받아놓은 그의 유언장이 공개되었다. 유언장에서는 나카야마카이의 조직은 후계 승계의 절차를 거쳐 장자가 승계하도록 하되 조직의 자산과는 별개인 그의 개인적인 재산에 대해서는 한국에 있는 딸 진초희에게 물려준다는 내용이 명시되었다. 문제는 그의 개인적인 재산이 한화로 1조 원에 달하는 가히 천문학적 규모라는 것이다.

새롭게 나카야마카이의 총오야붕이 된 진초희의 이복 오빠는 부친의 유언장에 언급된 진초희의 존재가 불분명하니 그 실재의 여부부터 확인해야 한다고 당장에 이의를 제기하고 나섰다. 그리고 그 이의의 진의에는 유산상속에 관한 법리적 집행이 시작되기 전에 진초희의 존재 자체를 제거해 버림으로써 그녀에게 갈 유산마저도 그가 독차지하겠다는 의지로 해석해 볼 여지도 다분히 있다고 해야 할 것이다.

그리고 이제 곧 문제가 된 그 1조 원 규모의 유산에 대한 상속 절차를 위임받은 법무법인에 의해 관련 조치들이 진행될 것이기에 진초희에 대한 나카야마카이 측의 어떤 행동 역시도 임박한 것으로 봐야 한다고 했다.

'그 여자도 참 어지간히 팔자가 사납군!'

중산에게서 진초희의 내력과 사정을 대략 듣고 난 김강한의 짧은 소회다.

일단 연락은 해줘 봐

"그런데 날보고 뭘 어쩌라고? 나카야마카인지 뭔지 하는 야
쿠자들을 상대하기라도 해달라는 거야? 설마 그런 건 아니겠
지?"

김강한이 새삼 어이없어한다. 그러나 중산은 여전히 진지하
다.

"저도 일본에서 조직 생활을 하면서 이름난 강자들을 꽤
여럿 봤습니다. 그러나 그 누구도 대표님처럼 압도적이지는
못했습니다. 더욱이 그날 대표님과 함께한 분들도 참으로 대
단했고 말입니다."

쌍피와 그가 데리고 온 자들을 말하는 것이리라. 그런데 쌍
피를 제외하고 나면 나머지는 김강한으로서도 알지 못하는
자들이다. 구차스럽더라도 그가 그런 사정까지 말하려는데,
중산이 먼저 말을 잇고 있다.

"아까 이 부탁을 누가 하는 것이냐고 물으셨죠? 저희 아가
씨께서 직접 하시는 건 아니라고 말씀드렸습니다만, 사실은
아가씨께서……."

중산이 하필 그 대목에서 말을 끊은 데 대해 김강한은 괜스
레 침이 꿀꺽 넘어가는 기분이다. 중산의 말이 다시 이어진다.

"누구도 믿을 수 없고 폐를 끼치고 싶지도 않지만, 대표님이라면 믿을 수 있겠다고 말씀하셨습니다."

그 말에는 김강한이 또 심장에 전기라도 통하는 듯이 찌릿해진다. 스스로의 그런 반응에 당황스럽기도 해서 속으로,

'제길! 지금 사람을 꼬드기는 거야, 뭐야? 유치하게.'

하고 괜히 투덜거려 보는데, 그것이 다시 불쑥하니 퉁명스러운 말로 튀어나오고 만다.

"날 믿는다고? 나에 대해 뭘 안다고 그딴 소리를 하지? 당신들, 사람 잘못 본 거야! 난 그렇게 대단한 사람이 못 돼! 그냥 평범한 사람일 뿐이라고! 그리고 솔직한 말로, 내가 왜 그런 일에 끼어들어야 해? 왜 스스로 내 무덤을 파야 하냐고? 100억 아니라 1,000억을 준다 해도 노 땡큐야! 정중히 거절할 테니까 당신들 일은 당신들이 알아서 해!"

순간 중산이 벌떡 몸을 일으킨다. 그리고 깊숙이 허리를 숙인다.

"대표님, 제발 저희 아가씨를 도와주십시오! 아가씨에겐 달리 도움을 구할 데가 없습니다!"

그러나 김강한은 간단하게 고개를 가로젓는다.

"NO라고 했잖아? 그만 가봐!"

그럼에도 중산이 석상이라도 된 것처럼 굳어 있자,

"그만 가보라니까!"

김강한의 목소리가 설핏 날카로워진다. 그러자 중산이 다

시 한번 깊숙이 허리를 숙이곤 몸을 돌린다. 그가 무겁게 몇 걸음을 옮겼을 때다.

"근데 말이야."

등 뒤에서 들리는 소리에 중산이 멈칫 서며 어정쩡하게 고개를 돌려 뒤를 돌아본다.

"혹시 정말로 무슨 일 생기거든 일단 연락은 해줘 봐."

김강한이 슬쩍 시선을 피하며 나지막하게 덧붙인다. 그 소리에 중산이 화들짝 놀란 시늉으로 마저 몸을 확 돌리고는 아예 머리가 바닥에 닿을 듯이 넙죽 허리를 접는다.

"감사합니다, 대표님! 정말 감사합니다!"

그런 데는 김강한이 오히려 당황스러워서,

"아니, 내 말은 그런 게 아니고……."

하며 손을 내젓는다. 그러나 그는 이내 쑥스럽게 웃고 만다. 더 말해봤자 괜한 변명이나 늘어놓을 것 같아서다. 변명할 까닭도 없는 일에 대해서 말이다.

원래 안 그랬잖아?

"나카야마카이라고 들어봤어?"

김강한이 불쑥 묻는 말에 쌍피가 잠시 뜬금없다는 기색이고 나서야 덤덤한 투로 반문한다.

"일본 야쿠자 말씀이십니까?"

"응. 만약에 말이야, 거기하고 한판 붙게 된다면 어떻게 하면 될까?"

쌍피가 이번에는 차라리 어이없다는 기색이 되더니 생각하고 말고 할 것도 없다는 듯이 간단하게 고개를 가로젓는다.

"어떻게 해볼 것도 없습니다."

"뭔 소리야?"

"나카야마카이는 일본 야쿠자 조직 중에서도 세 손가락 안에 들어가는 조직입니다. 조직원의 수가 아마 만 명도 넘을 겁니다. 그런 거대 조직하고 붙어서 뭘 어떻게 해본다는 자체가 아예 말이 안 된다는 겁니다."

"아예 말이 안 된다고? 흠! 그런데 한 100억쯤 돈이 생긴다면? 그만한 돈이면 우리도 덩치를 키울 수 있는 거 아냐?"

"돈만 있다고 조직이라는 게 그렇게 간단하게 키워지는 게 아닙니다. 단순히 인원수의 문제는 더욱이 아니고요. 그리고 야쿠자들의 방식은 우리와는 많이 다릅니다. 권총과 자동소총 등의 개인화기는 물론이고 상황에 따라서는 수류탄과 다이너마이트 등의 폭탄까지도 무차별적으로 동원하는 자들입니다."

"그래? 음! 그런데 걔네들이 한국으로 들어온다면? 일본에서는 몰라도 여기서야 어디 저네들 맘대로 막 총 쏴대고 수류탄 터뜨리고 그럴 수 있겠어?"

"우리와는 무력을 사용하는 방식과 차원이 아예 다르다는 말씀을 드리는 겁니다."

"그래. 그렇다는 거지?"

"그런데 갑자기 그런 말씀은 왜 하시는 겁니까? 야쿠자와 무슨 문제가 생겼을 리도 없고……."

"글쎄… 어쩌면 그럴 일이 생길지도 몰라서 말이야."

"예? 그건 또 무슨 말씀이십니까?"

쌍피의 눈이 설핏 커지는 걸 김강한이 간단히 말을 잘라 버린다.

"아냐. 아직 확실하다고 할 것까지는 아니라서 나중에 확실해지면 그때 자세하게 얘기해 줄게. 그러니까 일단은 한번 붙을 수도 있다는 전제로 생각은 좀 하고 있으라는 거지."

쌍피가 이윽고는 정색을 한다. 조상태가 때때로 예측 불허에다 제멋대로의 언행을 보이긴 하지만, 그렇다고 아예 터무니없는 소리를 뱉을 사람은 아니라는 정도는 이제쯤에는 아는 까닭이다.

"혹시… 정말로 야쿠자들과 무슨 문제가 생긴 거라면 자칫 심각한 상황으로 갈 수도 있습니다. 그러니 저한테 자세하게 말씀을 좀 해주십시오."

김강한이 기어코 인상을 찡그리고 만다.

"거 참, 언제부터 그렇게 말이 많아졌어? 원래 안 그랬잖아?"

쌍피가 말문을 닫아버린다. 김강한의 기세에 눌렸다기보다

는 차라리 머쓱하다. 그래도 새삼 묘하게도 크게 거슬리거나
밉지는 않으니 그는 대꾸 대신 가볍게 고개를 숙이는 쪽을 택
하고 만다.

"알겠습니다, 대표님."

제2장
—
진실

광복절 특사

양재호는 교도소를 나선다. 기껏 담장 하나로 구분되어 있는 세상이지만, 담장 밖의 세상은 그 공기부터가 다르다. 자유다.

돌이켜 보건대 그는 운이 참 좋았다. 과실치사로 10년 선고를 받았다. 올해로 꼬박 3년을 복역하고 있는 중이지만 출소는 까마득하기만 하여 차마 희망조차도 가질 수 없이 암담한 나날을 보내고 있는 그에게 얼마 전부터 갑자기 좋은 일들이 생기기 시작했다. 이전에는 미처 상상도 하지 못한 일들이다.

우선은 모범수로 선정된 것이다. 그것도 교도소 내 최고의 모범수다. 그가 특별히 뭘 한 것도 없는데 그냥 저절로 그렇게 되었다.

그리고 연이어 광복절 특사 대상에 추천되었다. 그건 그야말로 엄청난 사건이라고 할 수 있지만, 그래도 설마 정말로 특별사면이 되리라고는 차마 기대를 품지 못했다. 그런데 되었다. 정말로 특별사면이 된 것이다.

사실은 아직도 얼떨떨하다. 뭔가 잘못된 것이 아닌가 싶다. 괜스레 뒷머리가 선뜩하다. 금방이라도 누군가 잡아당길 것만 같다. 모든 게 착오였다고, 다시 감방으로 돌아가야 한다고. 그의 걸음이 저도 모르게 바빠진다.

점차 익숙한 길로 접어든다. 예전에 살던 세상으로 되돌아가는 길이다. 그는 잠깐 걸음을 멈춘다. 하늘을 본다. 흐리다. 그런데도 괜히 눈이 부시다. 그는 눈살을 찌푸리며 주변을 둘러본다.

두부를 들고 기다리는 사람은 없다. 아무도 그의 출소를 반기는 사람은 없다. 집에도 알리지 않았다. 어제까지만 해도 그 스스로조차도 차마 기대를 하지 못했으니 집에 알려 실망을 안길 필요까지는 없었다.

조용히 갑시다!

터벅터벅 걷는 그의 곁으로 차 한 대가 다가온다. 검은색의 고급 승용차다. 그와는 아무런 상관이 없겠기에 양재호가 그저 무심히 걷는데, 차가 계속 그의 걸음 속도에 맞춰서 따라온다.

"양재호 씨?"

조수석 쪽 창문이 열리며 30대의 깔끔한 차림에 사람 좋은 인상의 운전자가 말을 건넨다.

"누구……?"

양재호가 의아해 반문하자, 운전자가 얼른 차에서 내리더니,

"수고 많으셨습니다. 타시죠."

하고 깍듯하게 인사하며 차의 뒷문을 열어준다. 양재호는 차라리 두려운 마음이 들어 한 발 뒤로 물러선다.

"그런데… 누구시기에……?"

"양재호 씨를 정중히 모시고 오라는 지시를 받았습니다."

"누가요? 제게 그럴 사람이 없는데?"

"그분께선 양재호 씨가 잘 알 거라고 하시던데요?"

여전히 뜬금없는 얘기에 양재호가 잠시 생각을 굴리다가 조심스럽게 묻는다.

"그분이라면… 혹시……?"

운전자가 싱긋한 웃음으로 고개를 끄덕인다.

"예. 지금 생각하시는 분이 맞을 겁니다. 자, 어서 타세요."

양재호가 비로소 짐작할 만하다. 그분. 그가 교도소에 오게 된 것에 깊숙이 관련이 있는 인물이다. 그리고 어쩌면 그가 지금 전혀 뜻밖으로 교도소를 나가게 된 데에도 또한 관계

되었을 인물이다. 아니, 아마도 틀림없을 것이라고 생각한다. 그렇지 않다면 그에게 특별사면 같은 기적은 결코 일어나지 않았을 것이므로.

그래도 뭔가 약간의 불안감이 남기에 그가 잠시 더 망설이는 중인데, 운전자가 친근하게 말을 보탠다.

"아 참, 혹시 식사를 못 하셨을까 봐 따뜻한 커피와 먹을 것을 조금 준비해 왔으니 가시면서 드세요."

그 말에 양재호는 문득 간절해진다. 허기다. 사실은 설렘과 긴장으로 어제부터 아무것도 먹지 못했다. 텅 빈 배 속의 허기가 그의 등을 마구 떠밀어댄다.

양재호를 태운 차는 미끄러지듯이 교도소 경내를 빠져나간다. 고급 사양의 승용차답게 승차감이 부드럽고도 편안하다.

그런데 교도소를 벗어난 지 얼마 되지 않아 차가 문득 멈춘다. 그러더니 도로변에 서 있는 사람 하나를 더 태운다. 문을 열고 옆자리로 앉는 사내에 대해 양재호가 순간적으로 흠칫 움츠러들고 만다. 그 사내의 무표정한 얼굴과 무심한 눈빛에서 풍겨나는 기세의 위압감 때문이다.

"잠, 잠깐만요! 아무래도 저는… 여기서 그만 내려야겠습니다!"

불안해진 양재호가 곧장 차 문을 열려고 할 때다.

"조용히 갑시다!"

사내가 나직하게 뱉었고, 그 무심한 목소리에서 물씬 풍겨나는 냉혹함에 양재호는 그대로 얼어붙고 만다.

사내는 바로 쌍피다.

당신으로 인해

차는 양수리 쪽으로 접어들더니 강줄기를 끼고서 다시 한참을 달려 이윽고 어느 별장 앞에서 멈춘다.

잔디가 잘 가꾸어진 널따란 정원의 가운데쯤 커다란 소나무 아래 놓인 벤치에 한 사람이 앉아 있다. 김강한이다. 양재호를 데리고 온 쌍피가 김강한에게 목례하고는 집 밖으로 물러난다.

넓은 정원을 포함한 별장 안에는 김강한과 양재호 두 사람뿐이다. 한동안의 무거운 침묵으로 잔뜩 굳어 있던 양재호가 힘겹게 입을 뗀다.

"그런데… 누구십니까? 누구시기에 저를……?"

양재호의 목소리가 가늘게 떨려 나온다.

"나?"

김강한이 짧게 반문하고 나서 무거운 목소리로 잇는다.

"양재호 당신으로 인해 한순간에 가족 전부를 잃은 사람. 또한 양재호 당신으로 인해 그날 이후로도 차마 죽지 못해 목숨을 이어온 사람."

순간 양재호는 경악하고 만다. 그리고 곧장 몸을 떨기 시작한다. 떨림이 빠르게 증폭되고, 이내 그는 제대로 서 있기조차 힘겨워진다. 이윽고는 그대로 무너져 내리며 바닥에 털썩 무릎을 꿇는다.

"죄송합니다! 정말 죄송합니다!"

덜덜 떨려 나오는 그의 목소리는 차라리 억눌린 울부짖음 같다.

도대체 왜?

김강한은 차라리 착잡하다. 분노인지 회한인지 모를 감정이 복잡하게 뒤엉키고 있다. 이제 몇 가지의 사실을 밝히고 난 다음에야 그것이 분노로 갈 건지, 아니면 회한 끝의 체념으로 갈 건지를 결정할 수 있을 것이다.

"죄송하다고? 뭐가 죄송하다는 거지?"

"그건… 어흑! 죄송합니다! 죄송합니다!"

양재호가 이윽고는 눈물을 비치며 같은 말을 되풀이해서 중얼거린다.

"내가 말해볼까? 당신이 왜 죄송한지 그 진짜 이유를?"

양재호가 얼굴이 눈물범벅이 된 중에도 두 눈이 커지며 김강한을 본다. 그 눈을 김강한이 차갑게 노려보며 말을 잇는다.

"난 그때 사고 차량의 조수석에 앉아 있었어. 그리고 사고 순간 당신을 봤지. 당신은 졸지 않았어. 분명하게 깨어 있었고 순간적으로 나하고 눈이 마주치기도 했지. 그러니까 당신은 졸음운전으로 사고를 낸 게 아니야. 의도적으로 살인을 한 거지. 갓난아기와 그 아기의 부모, 그 할머니까지 일가족을 몰살시킨 거야."

"아, 저는… 저는……."

"마지막으로 진실을 말해! 오늘 당신은 어차피 죽을 테니까!"

그 말에는 양재호가 소스라친다.

"아아! 왜, 왜 이러십니까? 살려주십시오! 제가 잘못한 건 맞지만… 그러나 그건 그냥 실수였습니다! 어쩔 수 없는 사고였습니다! 그리고 저는 법에서 정한 대로 죗값을 치르고 이제 막 출소하는 길입니다! 아시지 않습니까?"

"법대로 죗값을 치렀다? 흐흐흐! 미안하지만 난 그런 거 몰라! 난 법 같은 건 몰라! 법 따윈 믿지 않기로 했어! 난 내 식대로 하기로 했어! 내 식대로 결정하고 내 식대로 집행하는 거지! 그래서 당신은 오늘 죽어야 해!"

"아아! 그게… 어떻게……."

양재호의 목소리가 크게 떨리며 말을 잇지 못하는 중에 김강한이 다시 차갑게 뱉는다.

"당신 혼자로 끝나지 않을 수도 있어! 만약 당신이 진실을 말하고 진정으로 죄를 뉘우친다면 당신 혼자 죽는 걸로 끝나겠지만, 끝까지 거짓으로 당신 때문에 죽은 죄 없는 영혼들을 우롱한다면 명심해! 당신이 죽인 숫자만큼 똑같이 당신 가족들이 죽게 될 거야! 그리고 당신은 제일 마지막에 죽여주지! 당신 가족들이 하나하나 죽어가는 걸 지켜보도록! 홀로 살아남은 자가 겪어야 할 그 참혹한 고통을 충분히 맛보도록!"

"아! 어떻게 그런……?"

"왜? 당신은 해도 되고 난 그렇게 하면 안 되는 거야? 그런 법이라도 있어?"

"안 됩니다! 제발! 그럴 수는 없습니다! 저는 죽어도 좋지만, 제 가족은 절대로 안 됩니다! 제 가족은 아무 죄도 없습니다!"

"그럼 내 가족은 죄가 있어서 죽였나?"

"아아! 제발… 제발……!"

"당신과 똑같은 짓을 하고 나서 나도 죗값은 치를 거야! 당신이야 어차피 죽을죄를 지었으니까 죽여도 상관이 없다지만, 당신 말대로 아무 죄도 없는 당신 가족을 죽이고서야 내가 어떻게 살겠어? 물론 법대로는 안 할 거야! 다 죽이고 마지막에는 내 스스로 목숨을 끊을 테니까!"

"아아! 이러지 마십시오! 제발… 이러지 마십시오!"

"당신 가족관계는 이미 다 파악해 뒀어! 아들 하나에 딸 하나, 그리고 부인에 노모가 계시지? 자, 누구부터 죽일까? 순서는 당신이 정하게 해주지!"

"으흑! 그걸 어떻게… 으흐흑! 제발……!"

"정하기 어렵다? 그럼 내가 대충 정하도록 하지! 아들이 일번, 딸이 이 번, 부인이 삼 번, 그리고 노모는 사 번! 이 순서대로 하자고!"

"아아! 제발… 그만하십시오! 제발… 용서해 주십시오! 제발……!"

"용서? 뭘 용서해 달라는 거지? 그냥 실수였다며? 어쩔 수 없는 사고였다며? 법대로 죗값을 다 치렀다며? 그런데 뭘 용서해 달라는 거냐고?"

양재호가 이윽고는 다시 무너지며 머리를 잔디 바닥에 찧는다.

"예! 제가, 제가 그랬습니다! 제가 죽일 놈입니다! 그러니 제 가족만은 제발… 으흐흐흑!"

오열하는 양재호를 내려다보며 김강한은 아무 말도 할 수가 없다.

'그랬구나! 역시 그랬구나!'

폭발하는 분노, 당장에 찢어 죽이고 싶은 살의의 충천. 그대로 무너지려는 스스로를 제어하기 위해 김강한은 온 힘을 다해 버텨내고 있는 중이다.

이윽고 힘겹게 스스로를 추스른 김강한이 애써 담담하게 묻는다.

"도대체 왜? 왜 그런 참혹한 짓을 한 거지? 그것을 물어보려고 당신을 감옥에서 꺼낸 거야!"

"아아……!"

양재호가 긴 탄식 끝에 회한에 가득 찬 빛으로 털어놓는다.

"모든 게 결국은 사채 빚으로 인해 시작된 겁니다!"

악마의 제안

양재호는 트레일러 몇 대로 소규모의 물류 운송 사업을 하고 있었다.

평소 제법 발도 넓은 편이고 영업 수완도 꽤 있는 편이어서 그의 사업은 안정적이었고 수입도 쏠쏠했다. 그러나 사업이란 게 늘 부침이 있게 마련이라 어느 순간에 자금의 흐름에 문제가 생겼다.

급한 자금을 대느라 처음에는 가까운 친척과 지인들에게 돈을 빌렸다. 그러나 이내 은행 대출, 그리고 제2, 제3 금융권 대출을 받아야 했고, 그걸로도 모자라 이윽고는 사채업자의 돈까지 끌어다 쓰게 되었다.

결과는 절망의 나락이었다. 사채업자들에게 장기를 팔아서라도 빚을 갚으라는 협박까지 받고 자살을 생각하기도 했다. 그러나 그들의 협박이 그로 그치지 않고 가족의 안전을 위협하는 것으로까지 번지는 데는 자살조차도 마음대로 택할 수 없었다. 그야말로 지옥 같은 시간이었다.

그에게 하나의 제안이 들어온 것은 그즈음이었다. 그가 더는 견딜 수 없는 지경에 이르렀을 때.

'한 번만 밀어라!'

트럭으로 그들이 지정하는 승용차를 밀어버리라는 것이다. 그럼 그가 지고 있는 모든 빚을 깨끗하게 정리해 줄뿐더러 다시 거금을 더 주겠다고 했다. 과실치사로 가면 많이 받아봤자 10년이라는 변호사의 자문 내용도 함께였다.

"이미 절망의 지옥에 떨어져 있던 저로서는 다른 선택의 여지가 전혀 없었습니다. 그 악마의 제안을 도저히 뿌리칠 수가 없었습니다!"

대가

"그들이 당신에게 그런 제안을 한 이유가 뭐지? 나와 내 가족을 죽이려고 한 이유 말이야?"

"그건 저도 모릅니다! 그리고 그들 역시도 모르는 눈치였고, 아마도 또 다른 누군가의 의뢰를 받은 것 같았습니다!"

"음!"

김강한이 무겁게 탄식한다. 도무지 짐작조차 되지 않는다. 그를 죽이고자 한 걸까? 아니면 형을? 그러나 형은 순한 사람이다. 누구의 원한을 사거나 해를 끼칠 사람이 절대 아니다. 그 역시도 형보다야 충동적이고 신중하지 못한 성격이지만, 누구에게 죽이고 싶을 정도의 원한은 맺지 않았다고 확신한다.

그때다. 그의 눈치를 살피던 양재호가 문득 입고 있던 점퍼를 벗어 든다. 그리고 주섬주섬 아랫단의 재단선을 뜯고 그 안을 뒤지는가 싶더니 작은 비닐봉지 하나를 끄집어낸다. 비닐봉지 안에 작은 뭔가가 들어 있다. 양재호가 그것을 꺼내서는 조심스럽게 펴는데, 꼬깃꼬깃 접힌 종이쪽지다.

"이건 그들에게 받은 현금 지불 증서입니다. 혹시 몰라서 이 점퍼 속에 깊숙이 감추어두고 교도소에 들어갈 때까지 입고 있었습니다."

김강한이 받아서 살펴보는데, 양재호가 설명을 덧붙인다.

"그 일을 하는 대가로 총 4억 원을 지불하되, 그중 2억에 대해서는 제 빚을 탕감하는 조건으로 선지급하며, 나머지 2억은 일을 성사시키는 즉시 제 처의 통장으로 입금한다는 내용입니다."

양재호가 짧게 숨을 한번 돌리고는 다시 잇는다.

"2억이면 거리로 나앉은 저희 가족이 작은 아파트 하나를 얻고도 생계를 꾸릴 작은 가게 하나는 차릴 수 있는 돈입니다. 마누라가 음식 솜씨가 꽤 좋은데, 작은 식당 하나 차리는 게 늘 소원이었습니다."

"약속대로 돈은 다 받았고?"

그 물음에는 양재호가 쭈뼛거리다가는 조심스럽게 대답한다.

"예. 2억은 그쪽에서 직접 나서서 제 빚을 변제했고, 나머지 2억은 사고가 난 다음 날 바로 제 처의 통장으로 입금되었다고 합니다."

김강한이 길게 숨을 내뿜는 것으로 다시 치밀어 오르는 심중의 격동을 힘겹게 다스린다. 양재호가 그런 김강한을 감히 쳐다보지 못하고 고개를 푹 숙이고 만다.

단서

"나와 내 가족이 탄 차가 그날 그 시간에 그 도로를 지나갈지는 어떻게 알았지?"

김강한이 무섭게 묻는다. 궁금하지 않을 수 없는 부분이다.

"그들이 핸드폰으로 계속 차의 위치를 알려왔습니다."

김강한은 애써 기억을 되새겨본다. 그들이 그가 탄 차의 위치를 어떻게 알 수 있었을까? 그러나 그는 이내 고개를 가로젓는다, 도무지 짐작조차 되는 게 없다.

그러나 막막해할 건 없다. 예전처럼 무기력한 자포자기로 될 건 더욱이 아니다. 이제 작은 단서라도 얻은 이상, 한 걸음씩 놈들에게 접근해 가면 될 일이다. 이제부터 시작이다. 지옥 끝까지라도 추적해 갈 것이다. 한 단계씩 놈들의 숨통을 조이며.

"그런데 여기 적힌 차성근이라는 자의 인적 사항, 확실한 거지?"

그가 쪽지에 적힌 이름 하나에 대해 다시 한번 묻자, 양재호가 수월하게 고개를 끄덕인다.

"예. 그때 그들이 차성근의 주민등록증으로 직접 확인시켜 줬습니다."

죗값

김강한은 치열한 갈등 중이다. 죽일지 말지를 두고.

양재호는 막상 보니 심약한 사람이다. 그리고 말단의 하수

인에 불과하다. 그러나 그는 결코 양재호를 용서할 수 없다. 용서하기에는 양재호가 그에게서 빼앗아 간 것이 너무나 크다. 그것은 그의 전부, 아니, 전부 그 이상의 것이다. 그리하여 그것을 앗아 간 죗값은 죽음으로 받아낼 수밖에 없다.

김강한의 눈빛에서 설핏 살기가 감도는 것을 느꼈는지 양재호가 땅바닥에 머리를 처박으며 다시 애원한다.

"제가 알고 있는 그대로를 전부 다 말씀드렸습니다! 그리고 제가 저지른 크나큰 죄에 대해 용서를 빕니다! 정말… 정말 제 온 마음을 다해 진심으로 용서를 빕니다! 또한 제게 어떤 처분을 내리셔도 달게 받겠습니다! 그러니 제발 제 가족만은 살려주십시오! 이렇게 빌겠습니다! 제발……!"

김강한이 차갑게 노려보고 있다가 천천히 입을 뗀다.

"당신 가족이 그렇게 소중하면 다른 사람의 가족도 그만큼 소중한 줄 알았어야지."

"죄송합니다! 정말 죄송합니다! 정말 잘못했습니다! 저는 죽어도 할 말이 없는 놈입니다!"

양재호가 잔디밭에 머리를 짓찧는 것을 잠시 지켜보고 있다가 김강한이 힘겹게 고개를 끄덕인다.

"당신 가족은 건드리지 않기로 하지. 그러나 당신은 도저히 용서할 수가 없어."

양재호가 부르르 몸을 떨더니 머리를 바닥에 찧은 채로 가늘게 흐느낀다.

"감사합니다! 제 가족을 살려주시는 것만으로도 정말 감사합니다! 저는 기꺼이 죽겠습니다! 죽음으로 죄를 받겠습니다!"

양재호가 천천히 허리를 세운다. 그리고 단정하게 꿇어앉은 자세를 만들고 두 눈을 감는데, 처분을 기다리겠다는 모습이다. 그러나 그는 주체하지 못할 정도로 온몸을 떨고 있다. 아무리 각오가 섰다고 하더라도 죽음의 공포 앞에서 끝내 초연할 수는 없는 것이리라.

당신도 지난 3년간의 나처럼 살아보라!

"봐라!"

김강한이 짧게 외치는 소리에 양재호가 흠칫 눈을 뜬다.

쾅!

벼락 치는 소리와 함께 그들 바로 옆에 쌓인 작은 돌무더기 위의 어른 머리통만 한 바위 하나가 박살 나며 뿌연 먼지와 함께 사방으로 파편이 튄다. 양재호의 두 눈이 경악으로 부릅떠진다. 김강한이 맨주먹 일격으로 만들어낸 믿을 수 없는 광경이다.

"본래는 당신 머리를 이렇게 박살 내려고 했지만, 오늘은 바위를 깨는 것으로 대신한다! 그러나 착각은 하지 마라! 당신을 살려주겠다는 건 아니니까! 다만 그 죽음을 조금 미루겠다! 잘 들어둬라! 지금부터 삼 개월 뒤, 정확히 90일 뒤에 당신을 죽일 것이다! 그동안 당신도 지난 3년간의 나처럼 살아보라! 죽지 못해 사는 삶, 죽음보다 더 고통스러운 지옥 같은 삶을 말이다! 도망치고 싶으면 도망쳐라! 단, 그럴 경우에는 네 가족을 살려주겠다고 한 내 약속은 무효다!"

양재호가 대번에 사색이 되고 만다.

"절대 도망치지 않겠습니다! 말씀대로 그 90일 동안 참회하고 또 참회하면서 죽음을 기다리겠습니다!"

이자에 대해 좀 알아봐!

김강한이 양재호를 두고 정원을 벗어나 별장의 문을 나서는데, 갑자기 피로감이 몰리며 설핏 두 다리에 힘이 풀리고 만다. 휘청거리는 그를 쌍피가 재빨리 붙어 서며 부축한다.

"됐어!"

김강한이 쌍피의 손을 밀어내고는 나직이 지시한다.

"당분간 양재호한테 사람 하나 붙여둬."

"어떻게 하실 작정입니까?"

조심스럽게 묻는 쌍피에게 김강한이 주머니에서 쪽지 한 장을 꺼내 건넨다.

"여기 쓰인 이자, 차성근이란 자에 대해서도 좀 알아봐."

쌍피가 이번에는 순순히 대답만 한다.

"알겠습니다."

일단은 살고 봐야 하니까!

차성근은 원래 변두리 재래시장을 무대로 작게 일수놀이나 하던 자인데, 이삼 년 전부터는 무슨 수가 났는지 상가에다 번듯한 사무실도 내고 자본 규모도 키워서 지금은 제법 그럴듯한 사업가로 행세하고 있다. 물론 그 내막이야 여전히 불법 사채업자일 뿐이지만.

쾅!

갑작스러운 소리와 함께 사무실 문이 부서질 듯이 거칠게 열린다. 누군가 발로 걷어차고 들어오는 모양새다. 마침 차성근이 수금을 담당하는 덩치 둘과 함께 응접 소파에 앉아서 배달시킨 자장면을 먹고 있던 중인데, 덩치들이 먹던 젓가락을 팽개치며 벌떡 일어선다. 그러곤 대번에 욕설부터 날린다.

"씨발! 어떤 또라이 새끼야?"

사내 하나가 사무실로 들어선다. 쌍피다. 덩치 둘이 곧장 쌍피를 향해 달려든다.

"야, 이 새꺄! 돌았냐?"

그러나 쌍피의 몸이 번뜩하며 회전하고, 순간 덩치 둘은 얼굴로 바닥에 박치기를 하고 있다. 그야말로 순식간이다. 짐짓 여유를 부리며 여전히 젓가락을 들고 있던 차성근이 그제야 경악하며 엉거주춤 몸을 일으킨다.

"뭐, 뭐야? 당신, 누구야?"

그러나 대답 대신 돌아온 것은 주먹과 발이다.

픽!

"큭!"

퍼억!

"악!"

그 무작정의 폭력에 속절없이 당하면서도 차성근은 본능적으로 계산을 튕긴다.

'이자, 도저히 감당할 수 있는 자가 아니다! 고수다! 프로다!'

그런 계산이 선 다음에야 일단은 무조건 대가리를 처박는 게 상수다. 일단은 살고 봐야 하니까. 자칫하다간 이유도 모른 채 곧장 황천행을 당하는 수가 있다.

"그만! 뭐든 시키는 대로 다 하겠습니다! 제발 살려만 주십시오!"

원위치!

쌍피가 한바탕 휘저어놓은 다음 또 한 사람이 짐짓 느긋하게 사무실로 들어선다. 김강한이다.

"양재호 알지?"

김강한의 덤덤한 투에 대해 차성근의 눈동자가 빠르게 흔들린다.

"예? 누구를 말씀하시는지… 저는……."

차성근의 말이 조금 늘어지려는데, 순간 쌍피의 발길질이
곧장 차성근의 턱을 향해 날아간다.

퍽!

"악!"

차성근이 단발마의 비명을 뱉으며 그대로 사무실 바닥으로
나가떨어진다. 그러나,

"원위치!"

쌍피의 나직한 한마디에 차성근은 벌떡 몸을 일으킨다. 그
러곤 스프링처럼 본래의 자리로 돌아간다. 그의 코에서 피가
뚝뚝 방울져 떨어지고 있다. 그러나 그는 꼿꼿한 차렷 자세로
굳어져 있다.

김강한이 차성근의 눈앞에다 꼬깃꼬깃한 쪽지 한 장을 들
이민다. 양재호로부터 받은 예의 그 현금 지불 증서이다. 재빠
르게 훑어보는 차성근의 눈 주변이 경련을 일으키듯이 가늘
게 떨린다.

"한 마디라도 헛소리를 지껄이면 죽는다?"

쌍피의 나직한 경고에 차성근이 흠칫 얼어붙는다.

        그자가 왜? 도대체 왜?

"왜 그랬어?"

김강한이 여전히 덤덤한 투지만, 차성근은 감히 다른 염두

를 굴리지 못한다.

"의뢰를… 받았습니다."

"누구한테?"

"그게……."

차성근이 쉽게 말을 잇지 못하지만, 쌍피의 차가운 눈빛 한 번에 급하게 뒷말이 튀어나온다.

"정호일입니다!"

"정호일?"

김강한이 나직이 중얼거려 본다. 언뜻 어디선가 한 번쯤 들어본 듯한 이름 같아서다. 그러나 당장에는 기억이 가물거린다.

"정호일에 대해 아는 대로 말해봐."

"선진 캐피탈 대표입니다."

그 얘기에는 김강한의 기억이 문득 확연해진다. 그자다. 지난번 박영민과 함께 간 로열 파티에서 만난 자. 곧바로 도무지 납득 못 할 의문이 따라붙는다.

'그자가 왜?'

김강한이 차라리 황당한 혼란에 빠질 때, 차성근이 다시 말을 잇고 있다.

"정호일은 그때 당시 유경 그룹의 기획조정실 상무였습니다."

"유경 그룹이라고?"

순간 김강한은 누가 망치로 뒤통수를 후려갈기는 듯한 충격에 빠지고 만다. 유경 그룹. 3년 전, 그가 신입 사원으로 몇

달을 다닌 유경 건설이 바로 유경 그룹의 주력 계열사이다.

"예. 선진 캐피탈은 유경 그룹 소속의 계열사로 2년 전쯤에 설립되었고, 정호일이 대표로 취임했습니다."

차성근의 목소리가 귓가에서 윙윙대며 울리는 듯하다. 뭔가 싸하다. 소름 끼치도록 섬뜩한 직감이 그의 뇌리를 관통하고 지나간다. 당장에는 이 새로운 사실들 간에 도대체 무슨 관련이 있으며 어떻게 얽힌 것인지 도무지 짐작도 되지 않지만, 그러나 분명히 뭔가가 있다.

'정호일 그자가 왜? 도대체 왜?'

그러나 부정할 수도 없다

"그들이 핸드폰으로 계속 차의 위치를 알려왔습니다."

그때 양재호의 말에 대해 김강한이 지속적으로 기억을 소환해 보면서 겨우 건져낸 것이 있다. 사고가 나던 그날, 그의 이동 경로를 상당히 자세하게 아는 사람이 있었다는 기억이다.

바로 그가 소속된 유경 건설 자금부의 차장이던 윤종걸이다. 그가 가족들과 함께 형이 운전하는 차로 이동하고 있는 중에 윤종걸 차장에게서 서너 차례나 계속 전화가 왔다. 별로 중요하지도 않은 서류의 위치를 묻거나 잡일에 불과한 업무의 진행 상황을 체크하면서 그때마다 지금 어디쯤 가고 있냐고 물은 것 같다. 그리고 당시에 그는 하늘 같은 상사의 말이라

곧이곧대로 대답을 해줬다.

'설마… 윤종걸 차장과 무슨 관련이?'

설핏 그런 생각을 떠올린 그는 차라리 세차게 머리를 흔들고 만다. 아무리 생각해 봐도 윤종걸 차장이 그에게 그런 짓을 할 까닭이 없어서다. 입사한 지 석 달밖에 안 된 부하 신입 사원을 느닷없이 죽음으로 내몰 이유가 도대체 무엇이란 말인가?

그러나 부정할 수도 없다. 아무리 생각해 봐도 그 외에는, 그가 그 시간대에 그 도로를 지날 것이란 사실을 아는 사람이 또 있지는 않다는 확신에서 오히려 의심은 걷잡을 수 없이 강해진다.

제 방식대로 다뤄도 되겠습니까?

"윤종걸! 3년 전에 유경 건설 자금부 차장으로 있던 사람이야! 한번 알아봐 줘!"

김강한의 말에 쌍피가 설핏 의아해하며 다시 한번 확인하듯이 묻는다.

"정호일이 아니고 윤종걸입니까?"

"응!"

김강한의 대답이 그렇게 짧게 끊어지는 데야 쌍피가 가볍게 고개를 숙여 수긍하고는 다시 묻는다.

"어떤 부분에 중점을 두면 되겠습니까?"

"글쎄……?"

다시금의 요령부득의 반문에는 쌍피가 침묵을 지키는데, 잠시 뜸을 들인 김강한이 무거운 목소리로 말을 이어낸다.

"3년 전 유경 건설 자금부에 신입 사원이 한 명 들어왔어. 이름은 김강한이야. 양재호와 차성근, 그리고 정호일 등이 공모하여 트럭으로 밀어버린 그 차에는 김강한과 그의 가족이 타고 있었지. 그런데 당시에 그 차가 그 시간쯤에 그 도로를 지날 거라는 걸 알고 있는 건 딱 한 사람뿐이야. 그 시간대에 몇 차례나 김강한에게 전화를 걸었고 위치를 확인했거든. 바로 윤종걸 차장!"

쌍피가 잠시간을 더 깊숙한 눈빛으로 침묵하고 있더니 불쑥 묻는다.

"제 방식대로 다뤄도 되겠습니까?"

김강한이 가만히 고개를 끄덕여 준다. 그의 의심이 잘못된 것이라면 윤종걸 차장에게는 큰 죄를 짓게 되겠지만, 그러나 지금 그에게는 그런 것까지 염두에 둘 마음의 여유가 있지 않다.

믿을게!

"이 건에 대해선 오로지 나한테만 보고해."

김강한의 그 말에 대해서는 쌍피가 멈칫하고 만다. 쉽게 대답을 하지 못하는 그에게 김강한이 다시 묻는다.

"그렇게 해줄 거지?"

쌍피가 가느다란 한숨을 불어낸다. 전혀 그답지 않게. 그러더니 그가 나직하게 반문한다.

"제가 그렇게 하겠다고 하면 절 믿을 수 있겠습니까?"

차라리 담담한 투다.

"믿을게."

김강한이 또한 담담하게, 그리고 간단하게 답한다. 쌍피의 입꼬리가 희미하게 움직인다. 당황스럽다는 고소일까, 아니면 어이없다는 실소일까?

"그럼 그렇게 하겠습니다!"

또한 간단한 대답이다. 자신을 믿는다면 그렇게 하겠다는 의미일까? 김강한에게 이 일은 어디까지나 그의 개인적인 일이다. 더욱이 생각만으로도 심장을 저미는 듯이 아픈 상처다. 쌍피에게는 어쩔 수가 없다고 하더라도, 그 외의 그 누구에게도 알려지기를 바라지 않는다. 이철진을 포함해서. 그리하여 쌍피에게 미리 짚어두고자 하는 것이다. 그러나 한편으로 그는 미리의 위안을 가져보기도 한다.

'하긴, 이철진이 알아서 꼭 안 될 것도 없긴 하다.'

그는 지금 어차피 이철진이 소유한 역량과 능력에 크게 기대고 있는 처지이다. 쌍피의 활동도 그런 범주에서 벗어나지 못하는 것일 테고. 그리하여 굳이 보고가 되고 안 되고 하는 것에 관계없이 이철진은 결국 모든 것을 다 알게 되지 않겠는가? 다 알면서 모른 체할 수도 있겠지만.

납치

"어, 헉?"

아파트 지하 주차장에 차를 세우고 내리던 윤종걸은 소스라치게 놀란다. 등 뒤에서 누군가 억센 완력으로 그의 목을 휘감아 조이며 입을 틀어막은 것이다.

"조용히 해. 안 그러면 옆구리에 구멍이 나는 수가 있어."

차가운 목소리가 귓가에 속삭인다. 그리고 옆구리 뒤쪽을 찌르는 섬뜩한 느낌에 윤종걸은 그대로 얼어붙고 만다. 검은색 승용차 한 대가 앞으로 와서 선다.

"타. 천천히. 자연스럽게."

나직한 목소리가 미는 대로 윤종걸이 차의 뒷좌석으로 타고, 이어 목소리의 남자가 뒤따라 타자 승용차는 조용히 미끄러져서 지하 주차장을 빠져나간다.

그게 어떻게 이유가 되냐고?

"그게 도대체… 어떻게……?"

김강한은 차라리 넋이 나간 듯하다.

"윤종걸도 그 안에 얽힌 사정은 나중에야 알게 되었고, 사고 당일에는 김강한의 행적을 실시간으로 파악해서 보고하라는 정호일의 지시를 영문도 모르는 채로 수행했답니다."

"그러니까 그게… 그게 어떻게 사람을 죽일 이유가 돼? 그것도 갓난쟁이까지 포함한 일가족을 몰살시킬 이유가 어떻게 되냐고?"

말끝에 부르르 치를 떨고 마는 김강한을 쌍피가 차마 바로 보지 못하고 고개를 숙인다. 김강한이 이윽고는 덜덜 몸을 떨기 시작한다.

그러나 김강한의 머릿속은 어느 때보다도 치열하게 돌아가고 있다. 지난 3년간 제발 잊고자 처절하게 몸부림치는 중에도, 수많은 생각을 되돌리고 또 되돌린 그 참혹한 시간 중에서도 단 한 번도 그럴 거라고는 생각하지 못한, 그것이 무슨 관련이 있을 거라곤 전혀 상상조차 해보지 못한 일련의 기억들과, 또 쌍피가 윤종걸에게 실토받은 사실과, 더하여 그 기억들과 사실들에 근거한 새로운 추정들이 그의 머릿속에서 하나하나 끼워 맞춰지고 있다.

『강한 금강불괴되다』 3권에 계속…